汉译世界文学名著丛书

伊坦·弗洛美

［美］伊迪丝·华顿 著

吕叔湘 译

商务印书馆
创于1897
The Commercial Press

汉译世界文学名著丛书
出 版 说 明

　　1902 年，我馆筹组编译所之初，即广邀名家，如梁启超、林纾等，翻译出版外国文学名著，风靡一时；其后策划多种文学翻译系列丛书，如"说部丛书""林译小说丛书""世界文学名著""英汉对照名家小说选"等，接踵刊行，影响甚巨。从此，文学翻译成为我馆不可或缺的出版方向，百余年来，未尝间断。2021 年，正值"汉译世界学术名著丛书"出版 40 周年之际，我馆规划出版"汉译世界文学名著丛书"，赓续传统，立足当下，面向未来，为读者系统提供世界文学佳作。

　　本丛书的出版主旨，大凡有三：一是不论作品所出的民族、区域、国家、语言，不论体裁所属之诗歌、小说、戏剧、散文，只要是历史上确有定评的经典，皆在本丛书收录之列，力求名作无遗，诸体皆备；二是不论译者的背景、资历、出身、年龄，只要其翻译质量合乎我馆要求，皆在本丛书收录之列，力求译笔精当，抉发文心；三是不论需要何种付出，我馆必以一贯之定力与努力，长期经营，积以时日，力求成就一套完整呈现世界文学经典全貌的汉译精品丛书。我们衷心期待各界朋友推荐佳作，携稿来归，批评指教，共襄盛举。

商务印书馆编辑部

2021 年 8 月

深厚的中文底蕴

"我国著名语言家吕叔湘抗战时期在重庆从事教学研究工作之余，应友人之约将本书译成中文，曾由上海文化出版社出版。现经译者校订并补译者自序，交我社重新印行。原作风格、技巧上的不少特点，以及译文的忠实严谨和流畅生动，都值得读者欣赏和借鉴。"

人文社责任编辑吴钧燮在《伊坦·弗洛美》单行本的前言里这样写道。吴钧燮是一个很有学识的编辑，也是一个有成就的译者。他翻译的《简·爱》是众多译本中最好的。他评价吕叔湘的《伊坦·弗洛美》译文"忠实严谨和流畅生动"，不是溢美之词，是他编辑此书的体会。实际上，早在五十年代初，就有人在《译文》杂志上专门评价《伊坦·弗洛美》的翻译得失，列举了许多翻译成功的句子。可见《伊坦·弗洛美》的翻译之优，是早有定评的。

笔者之所以引用上述这段话，是要强调一下这段话中一般容易被人忽略的信息。其一，吕叔湘是语言学家，著名的语言学家，不是翻译家。其二，他翻译《伊坦·弗洛美》是"应友人之约"，偶然性很大。由此，笔者常想，一个不常做翻译工作的人，偶然做些翻译工作，为什么就会做得如此优秀，赢得喝彩，而有些人做了一辈子翻译，没有一篇译作让人折服呢？当然，人的灵气和天赋有别，对待翻译工作的态度有别，一件事情完成的结果大不相同。但是，认真读一下中译本《伊坦·弗洛美》，给人感觉最深的，还是译者强大的中文底蕴和对中文的驾驭能力。不妨来欣赏一些例子。

There was something bleak and unapproachable in his face, and he was so stiffened and grizzled that I took him for an old man and was surprised to hear that he was not more than fifty-two.

英文很地道，表达有力量，几乎是一句话就写出了一个形象。最可贵的是，英文写得简明，易读。做过翻译的人都知道，这样的英文翻译好了更难。且看译文："他的脸上有一种苍苍凉凉不可逼近的神气，并且他的肢体异常木强，头上是白发盈颠，我只当他一定很老了，后来听说他才不过五十二岁，很觉得诧异。"

毫无疑义，译文一气呵成，没有欧化，没有生硬之感。但是，这却是一个非常容易欧化和生硬的句子，因为这里有一个英语里最常见的句型，即 "so... that..."。因为这是英语中最常见的句型之一，所以目前流行的译文里有了"那么（或如此）……以致……"的句型。比如 "I was so excited that I could not speak." 译为"我太兴奋了以致话都说不出来了。"目前这种译法比比皆是，实际上这是十分欧化的翻译。吕的译文娓娓道来，"只当"二字一用，不仅忠实了原文句型，更照顾了地道的中文表达。至于 stiffened 译为"木强"，grizzled 译为"白发盈颠"，完全是因为译者的中文底蕴十分强大，腹中供选择的词太多之故。

再列举些短句和词：

That Frome farm was always bout as bare's a milkpan when the cat's been round. / 弗洛美家那几亩地自来就是猫儿舔过的牛乳锅儿似的光溜溜的。

We're kinder side-tracked here now. / 如今这个地方是背了时了。

... a look of almost impudent ownership... / ……俨然有"佳人属我"的神情。

The builder refused genially, as he did everything else. / 郝尔的拒绝是很婉转，他这个人无往而不婉转。

I've got complications. / 我是个"杂症"。

这里要特别提醒读者的是，尽管译者是语言学家，译文十分倾向口语化，但是四十年代的译文和当代白话文的差别还是显而易见的。

文　心

目　录

自　序

　　在我定居在我在这本书里称之为斯塔克菲尔镇的那个地方以前，我早就对新英格兰的乡村生活颇有所知；虽然在我住在那里一些年之后我对于那里的生活的某些方面更加熟悉得多。

　　可是，即使是在我熟悉那个地方以前，我已经有点不安地感觉到，小说家笔下的新英格兰，除了在草木之名和方言土语方面有些泛泛的相似之外，跟我所看到的荒寒而美丽的土地实在没有多大相似之处。尽管不厌其烦地数说香薇、翠菊、山桂，一丝不苟地摹写那里的口语，却仍然不能叫我不感到，在这两方面，那从地下露头的花岗岩都被忽略了。这当然只是我个人的印象；这可以用来说明《伊坦·弗洛美》的产生，并且，对于某些读者，这在一定程度上可以为它辩解。

　　以上说的是这个故事的起源；别的没有什么值得说的，除了关于它的结构。

　　我面对的问题，照我一起头看来，是我不得不处理这样一个题材，它的戏剧性高潮，或者无宁说是反高潮，出现在悲剧的前几幕之后三十年。这个强制的时间距离，对于任何一个相信——我一直是这样相信——每一个题材（按照小说家赋予这个词的意义）它本身就包含它自己的形式与规模的人，《伊坦·弗洛美》应该写成一个长篇。但是我一次也没有这样想过，因为我同时觉得，我的故事的主题不是一个可以弹出好多变奏的主题。对我的主角们来说，生活一直是素朴的、单纯的，我也就必须这样来处理我的题材；任何使他们的思想感情复杂化的企图必然使整个故事表现为虚假。说实在的，他们是我的花岗石露头；仅仅从泥土里冒出来一半，也不比石头更能说出心里话。

题材和布局之间的矛盾也许给我暗示，我的"情节"是最后不得不放弃的情节。每个小说家都曾经有虚假的"好情节"这个善于迷惑人的精灵光顾过，被那种水仙女似的题材引诱他的小船撞碎在礁石上；她们的歌声最容易被听到，她们的海市蜃楼最容易被看到，是当他正在穿越潜伏在他正在从事的工作的中途的滴水皆无的沙漠的时候。我很熟悉这些妖女唱的歌，我常常把我拴在我的沉闷的工作上，直到那歌声完全听不见——也许在她们的彩虹面罩底下隐藏着一部未能诞生的杰作。但是在伊坦·弗洛美这个问题上我没有担心过遇上女妖的歌声。这是我所曾接触过的第一个题材，对它具有为我所用的价值毫不怀疑，并且对于我有力量把我所看到的至少能表达出来一部分有相当的信心。

其次，每个讲究他那门手艺的小说家都曾经碰上过这样的题材，并且为不借助于装饰或乞灵于光衬而把它全面展现这一工作的难度所吸引。如果我要叙述伊坦·弗洛美的故事，我就要面对这样一个任务。我曾经把我的结构轮廓对少数朋友说过，立即遭到毫不含糊的反对，但是我仍然认为在这个题材上这样处理是有理由的。我觉得，如果故事里的人物是深沉而复杂的，而小说家却让一般的旁观者加以猜测和解说，那么，这个故事的确不免显得造作而不自然；可是如果旁观者是见多识广而他所解说的人物是朴素的，那就不至于有这样的缺点。如果他能够看到他们的各个侧面，那就让他施展他的能耐吧，这是不会破坏故事的可信性的。让他在他的简单朴实的人物和他的脑筋复杂的读者之间充当满怀同情的介绍人，是再自然不过的了。这本来是不言而喻的道理，只是对于那些从来没有想到写小说是一种构图艺术的人才需要说明罢了。

我的结构的真正优点，照我看，在于一个小小的细节。我必须找到一个途径让说这个故事的人既自然又生动地获得这个故事。我当然可以让他跟一位爱好饶舌的村民坐在一块儿，听他把整个事件一口气说给他，可是这样一来我就把我的画图中的两个重要因素给歪曲了：第一，我所要描绘的人物的什么事情都装在心里不说出来的性子；其次，造型艺术上的"圆到"感，这是只有让他们的事情通过哈蒙·高和纳德·郝尔太太这样两双很不一样的眼睛看过去才会得到的。对于这在他们看来是复杂而神秘的故事，他们只能各自贡献出他或她所能理解的部分；只有这个故事的叙述者才有足够的视野让他看到全部，把它还原成它的朴素的本来面目，并且把它放在他的宇宙之中的它所应有的位置上。

我所遵循的方法不是我的创造发明，我面前有《大望楼》和《指环和书》①这样的光辉榜样；我的唯一的功劳也许是认识到那里使用的方法也适用于我这里的小故事。

我写下这短短的分析——在我写过的书中间这是第一次——因为，作为作者对他的作品的介绍，我想对读者最有用的莫过于说明为什么他决定要写这部作品，为什么他选择这样一种形式而不选择另一种形式。这些根本宗旨，他所能说清楚的唯一宗旨，艺术家必须几乎是本能地感觉到并且依照它行动，才能使他的作品获得那赋予它以生命、保存它一段时间的说不清楚的某种东西。

伊迪丝·华顿

---

① 前者是法国小说家巴尔扎克的作品，后者是英国诗人罗勃特·勃朗宁的作品。——译者

引　子

　　这个故事我是东一点西一点从许多人那儿得来的，一如道听途说常有的事情，每次听到的都有点不同。

　　您要是到过马萨诸塞州的斯塔克菲尔镇，您准认得那个邮局。您认得那个邮局，您准看见过伊坦·弗洛美赶辆车子来到这儿，把缰绳往他的瘦马的背上一搭，拖着脚步穿过砖头的人行道，走近邮局门口的白石柱子，而且您准要问人这是谁。

　　我第一次，几年之前，看见他就是在那个邮局门口；他让我很吃一惊。就在那个时候，他也是斯塔克菲尔镇上最可注意的人物，虽然他已经残废。引人注意的不是他的个儿高，那一带地方的"本地人"都是细而长，和较为矮胖的外来种极容易分别：是他那种虽然带着铁链似的一步一跛却满不在乎的强劲的气概。他的脸上有一种苍苍凉凉不可逼近的神气，并且他的肢体异常木强，头上是白发盈颠，我只当他一定很老了，后来听说他才不过五十二岁，很觉得诧异。这是哈蒙·高告诉我的，哈蒙在没有通电车的日子在贝茨伯里奇和斯塔克菲尔之间赶长途马车，那条路上的人家的历史他全都知道得清楚。

　　"他自从撞伤以后一直就是那个样儿；这话说来有二十四

年了，到下个二月。"哈蒙一边儿回想一边儿说。

也就是因为这一次的"撞伤"——这也是哈蒙告诉我的——伊坦·弗洛美不但是在额角上留下了那个长口子的红疤，并且把右边儿的半个身子扭得又短又曲，从他的马车上下来走到邮局的窗口这几步路都很吃力。他每天从家里赶着车子，正午前后到了镇上，因为这也是我每天来取信的时刻，我常常在邮局门口碰见他，也有时候站在他旁边，一块儿伺候那窗格子背后的分发信件的手的动作。我注意到一件事情：他虽然天天准时而到，却是除了一份《贝茨伯里奇鹰报》以外得不着什么邮件，那份报他看也不看就塞在口袋里。可是有些日子局长交给他一个信封，写的是"细诺比亚——或细娜——弗洛美夫人收"，通常在左上角印着一家药房和一种药品的名字。这些文件我的邻人也是一眼不看塞进口袋——好像是看惯了这些，对于它们的数目和种类已经懒得理会——然后默然地朝局长点个头转身就走。

斯塔克菲尔镇上的人个个都认得他，跟他招呼；可是大家都尊重他的沉默，难得才有一两个年老的人留住他说句话。在这种时候，他总是安详地听着，他的蔚蓝的眼珠儿望着说话的人的脸，然后低声应答，声音小得我听不出他说什么；这以后，他就硬僵僵地爬上他的马车，左手挽起缰绳，慢慢地赶车子回家。

"他受的伤很不轻吧？"我问哈蒙，一边儿望着弗洛美的渐行渐远的后影，一边儿想着他那瘦削的棕色的头颅，带上那一头浅色的头发，安在他的壮实的双肩之上该是多么英俊，当他的肩膀还没有扭得不成模样的时候。

"重得很，"哈蒙说，"换了第二个人怕是活不了的。但是弗洛美这一家是结实的。伊坦也许能活上一百岁也未可知呢。"

"哎哟，天哪！"我叫了出来。那个时候，伊坦已经爬上他的座儿，弯过身子来看他早一刻放在车子后边的一个木箱——那上边也有一家药房的招牌纸儿——是不是牢稳，这个时候我看见他的脸，当他以为没有人看他的时候露出来的脸。"那个人活一百岁？看他的脸儿活像是他这会儿已经进了阴间地狱似的！"

哈蒙从口袋里掏出一块烟草，削下一片，塞进他的皮袋似的脸蛋儿里头。"那也许是因为他待在斯塔克菲尔的日子太长了。能干点儿的十个有九个都跑了出去了。"

"他干吗不走呢？"

"得有个人招呼家里的人儿啊。伊坦家里只有他一个。先是服侍他爹——后来是他妈——后来是他女人。"

"再后来是撞伤？"

哈蒙冷笑一声。"对了。他要走也走不了了。"

"我懂了。从那个时候起，他们不得不服侍他了？"

哈蒙若有所思地把那片烟草从这边嘴巴磨到那边。"喔，讲到这个：我看还是伊坦服侍别人的分儿多点儿。"

哈蒙虽然在他所能理解和体验的范围之内把这个故事尽量展示出来，可是显然还是有遗漏，而且我知道这个故事的深刻的意义恰恰是在那些遗漏的地方。但是哈蒙的话里头有一句牢牢地刻在我的记忆之中，以后我的一切推论都拿它做核心："他待在斯塔克菲尔的日子太长了。"

不久之后我就懂得了这句话的涵义。我到这个地方来已经是世风不古的日子，有电车，有自行车，有乡镇邮局，在那些分散的山村之间的交通已经很方便，那几个位置在山洼子里的大点儿的市镇，像贝茨伯里奇和沙德福尔都已经有了图书馆，戏园子，青年会，山上的年轻人已经有下山来玩儿的地方。然而当寒冬封锁了斯塔克菲尔，当这整个的乡镇盖在雪衣底下，而那件雪衣又从灰色的天空获得继续不断的补充的时候，我开始了解在伊坦·弗洛美的青年时代这个地方的生活——或者不如说是生活的否定——是怎么个样儿。

我那个时候是奉公司的命做着和考白里车站的大动力厂有关的一项工程，离那儿最近的可住的地方是斯塔克菲尔镇；因为木匠们罢工，一罢就罢了多少天，把工程耽误下来，把我也羁留在斯塔克菲尔过了大半个冬天。头上我还愤愤不平，后来在每天的刻板工作的催眠力之下渐渐在那种生活里头找着一种阴森的满足。在我居留在那儿的前半期，我对于那种气候的强劲和那些人们的消沉这二者之间的不相侔很感觉诧异。十二月的雪季过了之后，一天又一天，蔚蓝的晴空向地面倾泻光明和空气，雪白的地面又更强更烈地把它们送回。谁都会设想这种气候不但是让人血行加快，也准能叫人感情敏捷；然而不然，它徒然使斯塔克菲尔的迟钝的脉搏更加迟钝。当我再住在那儿长久一点，看见这一个冰莹晶澈的局面之后继之以长期的阴寒，当二月的风雪包围住这个苦命的乡镇而三月的狂飙又急急前来增援的时候，我才开始了解为什么在六个月的围攻之后出现的斯塔克菲尔活像是饿得半死的戍卒投降而不邀宽恕。二十年之前，抵抗的器械远无今日之多，这多少个被围的村镇之间的通道全都在敌人控制之下；想想这些情形，我才感觉到哈蒙的那句话的凶恶的力量："能干点儿的十个有九个都跑了出去了。"然而，若是果真这样，像伊坦·弗洛美这么个人，又有什么障碍能拦住他不让远走高飞呢？

我居留在斯塔克菲尔的时候，寄住在一个中年的寡妇、大家管她叫纳德·郝尔太太的家里。郝尔太太的父亲是三十年前这个镇上的律师，"华努谟律师公馆"是镇上最神气的房子，现在我的房东还跟她的老母住在里边。这所房子在大街的尽头，从它的古典风格的柱廊和细格子的窗户看出去是一条石板小路，路的两边长着两棵挪威枞，往远去看得见公理会教堂的细长的白色的尖顶。华努谟家的家道显然已经中落，可是母女两人还是尽其所能保持着相当的体面；尤其是郝尔太太，具有一种黯淡的优雅态度，和她的灰色的旧式房子恰恰相称。

在那间"内客厅"里头，在汩汩作响的卡塞尔灯光淡淡地照着的桃花木桌椅之间，我每天晚上倾听郝尔太太谈说斯塔克菲尔的故事，是另一个并且是更有剪裁的一个版本。这并非说郝尔太太怎么样自居高贵，只是因为她生来灵敏而又多受了一点教育，这虽然是一个偶然的情况，可是在她自己和她的乡邻之间安上了一个距离，恰恰足够使她能超然地观察和判断。她也很乐于运用她这个才能，我很希望能从她那儿获得伊坦·弗洛美的故事里所缺漏的一些事实，或者不如说是希望她能给我一个关于这个人的性格的启示，可以调整我已经知道的那些事实。郝尔太太的肚子里装满了无恶意的轶闻轶事，只要是她认识的人，随便问起哪一个，她都能原原本本地给你说半天。可是关于伊坦·弗洛美，完全出于我意料之外，她非常缄默。她的缄默里头并不含有鄙薄的意思，我只觉得她异常不愿意谈论这个人或这个人的事情。轻轻的一声"是的，我认识他们两个……惨得很……"好像是她的窘迫对于我的好奇所能做的最大的让步。

郝尔太太提起伊坦·弗洛美的名字，神色大变，似乎有无限的悲哀；因此我又把这件事情请教哈蒙·高，虽然我不免有点踌躇。哈蒙哼了一声。

"路德·华努谟自来就是这样胆小，像耗子似的；也难怪她，他们让人救起以后，她是第一个看见他们的人。出事的地方就在华努谟律师家邻近，在考白里大路拐弯儿的地方，差不多正是路德跟纳德·郝尔订婚的当儿。这一班年轻人全都是好朋友，她简直就是不忍提起他们这件事儿。她自己的日子也够她烦恼的。"

斯塔克菲尔的居民，也和那些个大城市里头的人们一样，他们的日子都够他们烦恼的，因此对于别人的烦恼也就管不了许多。虽然大家都承认伊坦·弗洛美的烦恼超出寻常的限度，谁也不肯给我一个关于他的脸上的独有的神情的解释，他那种神情我怎么都不能相信是贫穷或病痛的结果。然而，我也许只能自己满足于这一鳞一爪地凑合起来的故事，倘若不是因为郝尔太太的缄默给我一个疑团，并且——不久之后——我又偶然和伊坦本人接触。

我初到斯塔克菲尔的时候，就和那个镇上的有钱的杂货铺掌柜爱尔兰人邓尼斯·伊迪订了个约，每天由他的铺子里的马车送我到考白里场，从那儿我搭火车到考白里车站，这样过了半个冬天，有一天伊迪的马染了瘟症，走不得了。这种瘟症在本地流行，差不多镇上所有的马全都传染上了，有一两天我简直找不着一辆车子。哈蒙·高跟我说，何不找伊坦·弗洛美来谈谈，他的马还没有病倒，他也许愿意送我这一截路。

我有点诧异。"伊坦·弗洛美？哟，我连话也没有跟他说过一句呢。他怎么会肯为了我找这个麻烦？"

哈蒙回答我的话叫我更加吃惊。"我也不敢说他准肯，可是我知道他乐意挣一块两块钱。"

我听人说过，伊坦家道不好，他的枯瘦的几亩田地和那个锯木坊不够维持他一家人度过一冬；但是我没想到他穷得像哈蒙的话里暗示的那么样厉害，我把这个意思告诉哈蒙。

"唉，他的日子不太好过，"哈蒙说，"一个人坐在家里二十多年，眼看着许多该做的事情做不了，您说他焦不焦？有劲儿没劲儿？弗洛美家那几亩地自来就是猫儿舔过的牛乳锅儿似的光溜溜的；那些个老磨坊今日之下还值几个钱儿您总也知道。早年弗洛美能打天亮到天黑去蘑菇它们的时候，还对付着勒指点儿什么出来；可是就在那个时候，他一家人几张嘴儿也就把那点儿吃尽喝光，这会儿他怎么混来着我可想不出。先是他爹在地里割草的时候摔了一跤，脑子有了毛病，花钱像施善书，好几年才死了。接着他的妈又'出了怪'，吃喝起倒都得人招呼，像个小孩儿，又拖上好几年；再就是他的女人，细娜，她自来就是个爱吃药的。病痛和祸害，这是伊坦的家常便饭，从他能吃饭的时候算起。"

　　第二天早上，我看见那瘦骨瘠的栗色马站在华努谟家门口两棵枞树的中间，伊坦·弗洛美一手揭开他的一半磨光了的熊皮毯子，让我爬上他的雪车，坐在他旁边。打这一天起，一连七天，他每天早晨把我送到考白里场上，每天下午他又到场上来接我，赶冰冷的夜路送我回斯塔克菲尔。这两个地方只隔着三英里，可是他那匹老马的脚步太慢了，虽然车脚底下的雪很结实，我们一来或一去还是得有一点钟。伊坦·弗洛美默然地赶着车子，缰绳松松地挽在左手；他的褐色长疤的侧面的脸，在尖顶的帽子底下，衬着一望皆白的雪地，像一个英雄的铜像。他不回过脸来朝我看，我问他话或是偶尔说一两句笑话，他也不答理我，只简简单单哼出一个字或两个字。他像是那沉默的忧郁的风景的一个部分，那个冻结了的苦闷的化身，他身上的一点热和情全都结结实实埋藏在表面之下；然而他的沉默里头没有丝毫敌意。我只觉得他生活在深深的孤独之中，轻易不能接触；我又觉得他的孤独不仅仅是他的个人的厄运的结果，虽然我猜想得到那个是够悲惨的，而是如哈蒙所说，那里边含有太多的斯塔克菲尔的冬天所累积下来的阴冷。

只有一次或两次，我们两个中间的间隔曾经暂时打破；这样得来的一瞥增加了我更想多知道一点的欲望。有一次我偶然提起我前一年在南方佛罗里达州做过的一件工程，因而说起那个地方的冬天的风景和我们目前所遭遇的迥不相同；出乎我意料之外，弗洛美忽然说："对了，我在那儿待过一阵，后来还常常能回想那个地方的冬天的样子。可是现在已经想不起来了，让这儿的雪给盖住了。"

他不再说下去，我只能从他的说话的声音的变化和他的突然中止上推测其余的一切。

又一天，我已经上了火车，带在身边路上看看的一本通俗科学书——好像是一本讲生物化学上的新发明的——找不着了。我也没有理会这件事。到了下午又坐上伊坦的雪车，我看见那本书在他的手里。

"您走了过后我才看见您把这本书忘了。"他说。

我把那本书放在口袋里，我们两个又沉在照例的静默之中；但是当我们开始爬上从考白里场到斯塔克菲尔冈上那一截上坡路的时候，我在暮色里隐约觉得他已经转过脸来朝我。

"那本书里有好些个事情我简直一点儿看不懂。"他说。

他破例说起话来使我诧异，可是远不及他的深以为憾的语气使我更诧异得厉害。他显然因为他自己的无知而惊异，并且有点儿生气。

“这一类问题你感兴趣吗？”我问他。

“是的，从前。”

“这本书里有一两个算是很新的发明：这门学问近来很有些长足的进步呢。”我顿了顿，等他的回答，他不做声；我接着说：“你要是想看这本书，我可以借给你。”

他迟疑一下，好像要屈服于一阵偷偷儿掩袭上来的惰性；终于，“多谢——我借来看看。”他简短地回答了一声。

我希望这件小事能促进我们两个中间更直接的交往。弗洛美是个纯真而直率的人，我相信他要看那本书是真正对于那里边讲东西感兴趣。像他这么样儿的一个人，有这样的嗜好和知识，使他的外在的境遇和他的内心的需要之间的对比格外尖锐；我希望他能因为有宣泄他的心事的机会而揭开他的嘴唇。但是他的过去的身世或是他的现在的生活之中似乎有个什么东西逼得他只肯跟他自己打交道，偶然的冲动绝不能拉他回来和别人亲近。第二天我们会面的时候他一字不提那本书，我们的交往好像注定了永远得是消极的，片面的，好像他的沉默从来没有打破过一般。

弗洛美天天送我上车站，大约有了一个星期，那天早晨我隔窗望出去，看见漫天大雪。篱边和教堂的墙脚下堆积的雪已经很高，可知是已经下了一夜。我想野外的雪势一定更大，火车大概要脱班；偏偏我那天下午非得上那动力厂去一两点钟不可，心里想要是弗洛美来了，我还是赶到考白里场去等候火车。我不知道我为什么心里有这个“要是”，因为我并没有猜疑弗洛美会不来。他不是下雨下雪可以阻止他干他的事情的那种人；到了约定的时刻，他的雪车在纷飞的雪片里滑了过来，像戏台上纱布幕后出现的鬼魂。

我已经深知他的为人，不至于对于他的守约表示惊奇或感激；可是当我看见他把马头拨转，对着和考白里大路相反的方向的时候，我不禁诧异而叫唤出来。

"铁路塞断了，考白里场过去不远有一列货车冲进了一堆积雪，进退不得。"他解释给我听，我们的雪车一边儿在向着刺骨的风雪中一蹦一跳地前进。

"可是——你现在送我上哪儿去呢，那么？"

"抄近路儿一直上考白里车站。"他回答我，拿鞭子指着学堂山。

"上考白里车站——下着这么大的雪？哟，足足的十英里呢！"

"这匹马对付得了，只要你让他慢慢儿走。您不说了您今儿下午在那儿有点事情要办吗？我要把您送到。"

他说的那么稀松平淡似的，我只能回答他："真是太费心了。"

"没什么。"他说。

到了学堂门口，这条路就岔开了，我们的车子打左手边一条小路下坡去，路两边长着罕乐枞，树枝让雪压得向下挂着。我星期日散步常常走过这条路，知道靠着山脚下有孤零零一个屋顶露出在落了叶子的树梢之间，那就是弗洛美的锯木坊。它看上去毫无生气，休闲的轮子停在浮流着带黄带白的泡沫的黝黑的溪流之上，那一簇木棚被顶上的积雪压得弯弯的。我们经过那儿的时候，弗洛美连头也不回；过了那儿，我们又在静默之中开始爬上第二个山坡。这以后，我们走上了一条我从来没有走过的路，走了有一英里光景，我们来到一个果木园，枯瘦的苹果树扭扭曲曲地长在山坡上，夹杂着露出地面的板岩石块，那些石块从雪堆里钻出头来，好像野兽伸出鼻子来呼吸空气。果木园的那边是一两块田地，田界已经被积雪掩盖；在这两块田地的上边儿，蜷缩在一望皆白的大地和长空之中，是使这寂寞的风景愈加显得寂寞的一所孤独的新英格兰农舍。

"那是我的家。"弗洛美拿他的拳曲的右肘向旁边一指，说；在这四周景色的凄凉和压迫之中我不知道回答一句什么的好。雪已经不下了，淡淡的一闪日光把我们前面山坡上的那所房子的可悲的丑陋暴露无遗。雪止了，风又刮大了；落尽了叶子的藤萝拍着门廊，剥净了油漆的薄板墙好像在风中瑟缩。

"在我父亲手上这个房子还大点儿：几年之前我把'L'拆了——不得不拆了。"弗洛美接着说，一边拿左手一拉缰绳，拨转了马头，那匹老马显然已经打算穿过那破烂的篱门回家去了。

这个时候我才明白，那所房子的异乎寻常的孤苦伶仃的相貌有一半是由于失去那新英格兰地方的人称之为"L"的后厢房：那个通常和正房成直角的狭长而屋檐很低的一溜房子，用来做储藏室和木工房，一头连接正房，一头连接柴房和牛棚。

也不知是因为它的象征的意义，因为它显示一种联系于田地的生活，因为它本身包容温饱的源泉，也不知是因为它所给予的安慰，使住在那种酷虐的气候之中的人们能不冒风寒而着手早晨的工作，反正是以新英格兰农舍而论，一个人家的实际的中心是那个"L"而不是那个正房。我在斯塔克菲尔地方随便闲走的时候早就注意到这一点；也许就是这个联想使我在弗洛美的话里听出一种怅惘的调子，并且在这个残缺的住房里看见他自己的萎缩的身躯的影子。

"如今这个地方是背了时了，"他接着又说，"在铁路没有通考白里场之前，这还是个大路呢。"他又抖了一下缰绳把那迟迟不前的马唤醒；然后，好像是因为把他的住房指点给我看已经让我与闻他的机密，不必再保守缄默似的，他又慢慢地说下去："我老是想，我妈末末了儿那场病跟这个有关系。她的风湿病发得厉害，不能走动的时候，她常常坐在那儿眺望这条路上的过往行人，半天半天地混过去；有一年，大水冲坏了贝茨伯里奇的大路，修理了六个月才修好，在这个期间哈蒙·高不得不把他的长途马车绕这条道儿走，妈竟能挣扎起来走到篱笆门边来看他。可是自从火车通了以后，就没什么人再走这条路了，妈永远想不透这个道理，一直到死都是郁郁不乐。"

我们走上考白里大路的时候，雪又下起来，隔断了那所房子的最后一瞥；弗洛美的沉默跟着雪一块儿落下，又在我们中间竖起旧有的障壁。这一次，风不因为雪的重临而停止。反而，越刮越大，破絮似的天空时而刮开一块，透出一片淡淡的阳光，照着乱纷纷的山水。但是那栗色老马不辜负弗洛美的话，我们在漫天风雪之中终于到达车站。

下午住了风和雪，西边的天上清了出来，在我的无经验的眼里好像预约着大好的晚晴。我匆匆地结束了我的事情，早早向斯塔克菲尔出发，很有希望能赶晚饭之前到家。但是到了太阳下山那一刻儿，天上又彤云密布，一会儿就黑了，雪片从无风的天空笔直地无间断地落下，轻轻地可是广泛地散布开来，比了早半天的闹一阵息一阵更加恼人。有点像是那越来越浓的黑暗的一部分，像是冬天的夜晚它本身一层又一层地降落在我们头上。

弗洛美的马灯的微弱的光线一会儿就完全埋没在这个使人窒息的空间，到后来连他自己的方向的感觉和那老马的归家的本能都毫无用处。有两三次，幽灵似的地形标记跳了出来，警告我们已经入了歧途，一会儿又隐入雪阵之中无影无踪；等到我们重复走上正路的时候，那匹老马已经开始透着疲竭。我觉得全是我自己不好，当初不该接受弗洛美的提议；匆匆讨论之后，我说服了他，让我爬下雪车，跟着马的旁边步行。这个样儿我们又挣扎着走了一两英里，终于到了一个地方，在我看来是不辨形状的黑暗里，弗洛美凝神一看，说："那儿就是我的篱笆门了。"

最后那一段路是最困难的一段。刺骨的寒气和崎岖的山径差点儿叫我倒下；我的手扶着马的肚子，觉得它滴答滴答像钟摆。

"喂，弗洛美，"我说，"你不必再往前走了——"我的话没有完他就抢着说："你也不必了。这个玩意儿谁也干不下去了。"

我明白他的意思，他让我在他家里寄宿一晚；我也不回答，只是跟着他走进篱笆门，跟着他走到马房，帮着他把马解下，伏侍它躺下。他这才把车上的灯拿在手里，走出门，回过头来叫我："这边走。"

远远地在我们的前头有一方块的亮光在雪做的屏风背后闪烁。我一步一颠地跟着弗洛美往那灯光走去，在黑地里差点儿跌进正房前面的一个很深的雪堆里。弗洛美蹬上门廊前的溜滑的台阶，拿他的穿着长靴的脚掘开一条路。然后举起灯来，找着门上的暗扣，推开门走了进去。我跟在他背后走进一个矮而暗的过道，尽头的地方露出半截楼梯。在我们的右手边有一线灯光指示房门所在，这就是我们刚才看见有灯光的那间屋子；在门的背后我听见一个女人的声音在拌嘴似的嘶嘶地响。

弗洛美在破旧的油布上蹬了两脚，把脚下的雪蹬干净，把手里的灯放在过道里的唯一的家具那张椅子上。然后把门推开。

"请进来。"他说；他一开口，那嘶嘶的声音就停止了……

就在那一晚，我找着了了解伊坦·弗洛美的线索，开始把他的故事组织起来。

第一章

　　整个的乡镇埋在两尺深的雪的底下，迎风的墙角有更深的雪堆。在铁色的天空，北斗的星点像冰柱，南天的猎户星射出寒冷的光芒。月亮已经下去，但是夜色清朗，榆树中间的一所所白色的房子让积雪衬托着变成灰色，灌木丛在那上面造成一些黑的斑点。教堂的地下室的窗户送出一条条黄的灯光，远远地横在无穷的雪浪之上。

　　年轻的伊坦·弗洛美顺着已经没有行人的街道快步走去，走过银行和迈克尔·伊迪的新杂货铺，走过门前有两棵挪威枞的华努谟律师的住宅。正对着华家的园门，马路开始下降往考白里谷地去的地方，矗立着教堂的黄条的白色的尖顶和细瘦的列柱。教堂的上层窗户是黑的，但是从下层的窗户里，沿着那地势陡然下降到考白里路去的一边，长长的光线射了出来，照出那通到地下室门口去的小路上面的一些新的脚印，并且照见近旁的木棚底下一溜雪车和重重地盖着毡毯的马匹。

　　夜很静，空气干燥而洁净，叫人不很觉得冷。在弗洛美的感觉，仿佛是完全没有大气，仿佛是在他脚底下的白色的大地和他头顶上的金属般的穹梁之间没有比以太更浓的东西横亘在中间似的。"倒像是在蒸汽已经跑完了的蒸馏器里头。"他肚子里想。四五年之前，他曾经在乌司特的工业学校里读过一年的课程，跟一位蔼然可亲的物理学教授在实验室里掇弄过一程子；虽然他回家以后过的是另一种生活，在那儿得来的许多印象还常常复现，在想不到的时刻，经由迥不相同的别种联想。他的父亲的死和相继而来的种种不幸使弗洛美不能继续求学；但是他所学的课程虽然很浅薄，不够有什么实用，却已经滋长了他的想象力，使他隐约感觉在一切事物的日常面目之后隐伏着巨大而模糊的意义。

当他在雪地里迈步前进的时候，这个意义之感觉在他脑子里炽盛起来，和他身上因疾行而生的体热混合在一起。走到街尽头，在教堂的黑暗的正面之前，他收住了脚步。他在那儿站了一会儿，急剧地呼吸着，朝街的这头和那头看望，一个人影子也没有。从华律师家门口那两棵枞树往下去那段考白里大路是斯塔克菲尔镇上大家最喜欢的一个滑雪场，在星月之夜，教堂的转角处滑雪的人笑语喧哗，往往到半夜；但是今天晚上在那雪白的斜坡上看不见一个雪橇的黑点子。午夜的肃静罩住这个乡镇，镇上还没有睡觉的人全都聚集在这教堂的窗户的背后，从那里边跳舞的音乐随着灯光流到外边来。

那个年轻人绕着教堂的侧边往地下室的门口走去。为了避开里面射出来的明朗的灯光，他在未经践踏的雪地里绕个圈儿走过去。一直藏在黑地里，他一步一步地挨近第一个窗户，把他的瘦长的身子靠后，把他的颈项伸长，偷偷地窥视屋子里边的情形。

　　从他立足的洁净寒冷的黑地里看过去，这个屋子好像在热雾当中沸腾。煤气灯的金属射光板把一阵阵的光波射到白粉墙上，屋子那头的煤炉门像是吐送火山里出来的火焰。屋子当中挤满了年轻的男和女。顺着朝对窗户的墙壁摆着一排椅子，坐在那儿的岁数较大的女人们刚刚站起。这个时候音乐已经停止，乐师们——一个拉提琴的和一个星期日弹小风琴的青年女子——正在餐桌的一角匆匆进食，那张桌子放在屋子一头的讲台上，一桌子的吃空了的烤面饼盘子和冰淇淋碟子。客人们已经准备散会，人们的脚步已经趋向悬挂衣帽的过道，忽然一个两脚矫捷一头黑发的青年男子跳到屋子的中央，拍动他的手掌。这个记号立刻发生效力。乐师们疾疾走到他们的乐器跟前，跳舞的人——有几个已经穿上外衣——在屋子的两边排列成行，年长的旁观者又在椅子上坐下；那个青年在人堆里钻来钻去，终于拉出一个业已在头上蒙上一条樱桃色披巾的女子，引她走到舞场的尽头，然后合着一支维吉尼亚旋旋舞的轻快的曲子旋风似的领着她向场子的这一头舞了过来。

　　弗洛美的心跳得快起来。他正在伸长了脖子寻找那块樱桃色披巾底下的人面，没想到另外一双眼睛比他的眼睛更快。那个旋旋舞的领步人——他的容貌透着有爱尔兰人的血统——舞得很高明，他的舞伴感染了他的热情。她一路舞了过来，她的轻盈的身子从这边摇到那边，圈圈儿越转越快，披巾飞了起来，飘扬在肩膀背后；她每一转身，弗洛美瞥见一下她的笑着喘着的双唇，她的覆额的乌云似的黑发，和她那一双黝黑的眼珠，这好像是这一团翻飞不定的线条之中唯一固定的两点。

跳舞的一对越舞越快，乐师们为了凑合他们的步子，使劲打击他们的乐器，像赛马的人在最后一截路上拼命抽打他们的坐骑一般；可是在窗子外边的那个年轻人看来，这场旋旋舞像是永远没有尽期。他时而转移他的目光从女子的脸上到她的舞伴的脸上，那个脸在跳舞的狂热之中俨然有"佳人属我"的神情。邓尼斯·伊迪是迈克尔·伊迪的儿子，迈克尔·伊迪是那个野心的爱尔兰杂货商，他的花言巧语和厚脸皮使斯塔克菲尔镇上的人初次尝着"新式"商业方法的滋味，他的新盖的砖墙铺面是他的成功的明证。他的儿子大概要继承他的事业，而同时在应用同样的技术征服着斯塔克菲尔的青年女子。在今日以前，伊坦·弗洛美只是肚子里说他是个卑鄙的家伙，可是现在恨不得拉他出来痛痛快快给他一顿鞭子。奇怪得很，这位姑娘好像一点也不觉得他这个人的讨人嫌：她居然能和他笑脸对笑脸，她居然能把她的手放在他的手里。

弗洛美惯常步行到斯塔克菲尔街上接他女人的表妹玛提·息尔味回家，在镇上的节令宴聚把她吸引了来的那些个不常有的晚夕。玛提初来他们家里住的时候，是他的女人说的，这种娱乐的机会不要让她错过。玛提是斯丹福城里人，当她加入弗洛美的家庭作为细娜表姐的帮手的时候，他们觉得，她既不拿工钱，最好不要让她太感觉沉闷，斯塔克菲尔农家的生活和她过惯了的城市生活太悬殊了。倘若不是因为这个——弗洛美半嘲半恨地想——细娜是再也不会留心到这个女孩子的娱乐问题的。

他的女人初次提议放玛提晚出一次的时候，伊坦心里老大的不愿意，在田里辛苦了一天之后还要他额外跋涉两英里到街上，再两英里回来；但是不久之后他已经到了一个程度，巴不得斯塔克菲尔夜夜都有聚会。

玛提·息尔味在他家里住了已有一年，从早起到晚餐相会，中间也常有看见她的机会；但是没有一个聚会的时候比得上他们手挽着手，她的轻盈的脚步飞也似的合着他的大步，在黑夜里走回家来的那些个时刻。他第一天看见这个女孩子就喜欢她；他赶车子去考白里场去接她，她在火车的窗口对他微笑扬手，夹了个包袱下车来，一边儿大声叫唤"你一定就是伊坦！"他呢，一边打量着她的纤细的身材，一边儿想："这不像个能做多少家务事的姑娘，可是倒也不是个愁眉苦脸的，总算是好的。"但是玛提来了之后，不仅仅是他的房子里有了一点儿有希望的年轻的生命，像冷炉里头生着了火一般。这位姑娘，不仅仅是他所设想的那个快活的能做事的女孩子。她有一双能看的眼睛，她有一对能听的耳朵：他能拿东西给她看，说事情给她听，他能在她心上留下种种印象，随时可以唤起，他因此有深深的幸福之感。

他最深刻地感觉这种心灵的感应的甜味是在他们夜晚步行回家的时候。他对于自然之美自来比他四围的人更加敏感。他的未竟全功的学业使他的敏感更加具体化，甚至在他最苦闷的时候田野和天空还是能给他深深的有力的感动。但是从前这种情绪只有他自己感觉，所谓"冷暖自知"，因而在引起这种情绪的美景上面罩上一层悲哀的面纱。他甚至不知道世界上有没有第二个人和他同样的感觉，还是只有他一个人是这个不幸的天赋的牺牲。他现在知道了，至少还有一个心灵曾因同样的惊奇而震动：他现在知道了，在他的身旁，住在他的屋顶底下，吃着他的饭，有一个人，他可以对她说："那儿，下边儿，是猎户星；右手边的大家伙是牛目星，那一簇小的——像一群蜂子似的——那是七姊妹星……"他也可以站在崛起于羊齿丛中的一片花岗石的面前展开冰期的全景，谈说宇宙的始终，叫她出神忘倦。玛提不但对于他讲说的事物惊诧不已，同时对于他的博洽多闻也钦佩无穷，这也是他引以为乐的。此外还有别种感兴，比这些个更难捉摸可是也更加精微，用无言的愉悦把他们拉在一块儿：冬天山后的冷而红的落日，已刈已获的山坡之上的飞云，罕乐枞投在晴雪之上的深蓝的影子。有一天她跟他说："看起来仿佛是画出来似的！"伊坦觉得没有比这句更好的形容，他的秘密的灵魂终于找着了表达的词语……

　　他站在教堂外面的黑地里，这些回忆兜上心头，像已经消失的物件一般的痛切。一边儿看着玛提跟着另外一个人这样回旋而舞，一边儿想自己怎么那么糊涂，会以为他的沉闷的谈话能叫她感觉兴趣。他，除非和她在一块儿，从来没有高兴的时候；她现在这样兴高采烈，明明是对于他并不另眼相看。她的脸，当她看见他的时候，总是像映着晚霞的窗子，现在她把它抬起来向别人。他甚至注意到两三个姿势，他一向痴心以为是保留给他一个人的：一个是未笑先仰头，仿佛要自己先尝尝笑味然后再放它出来；一个是有所喜悦或感动的时候慢慢地把眼皮儿耷拉下去。

这一切使他不快，他的不快又唤起他潜伏着的恐惧。他的女人没有露出过嫉妒玛提的意思，但是近来常常埋怨家务杂事的繁重，想出种种间接的方法叫他注意这位姑娘的不中用。细娜一向是斯塔克菲尔地方的话所谓"怯生生"的身子，弗洛美也承认，若是她的病痛当真像她自己所想的那么厉害，她需要一个强健的帮手，比了夜晚回家时温柔地挂在他胳膊上的更强劲的一只胳膊。玛提没有管家的天才，她的教育也丝毫不能补救这个缺点。她很聪明，学什么都一学就会，但是爱忘事，爱梦想，什么事情也不肯认真。伊坦有这么一个想法，若是她嫁给一个她心爱的人，她的隐伏的本能会醒过来，她的烘饼蛋糕能成为一乡的珍品；但是抽象的所谓"家务"不能引起她的兴趣。她初来的时候笨手笨脚的，伊坦不禁失笑；但是她自己也跟着他笑了起来，这就使他们成为更好的朋友。他尽力帮她的忙，比平常起得更早，去厨房里生火，隔夜就把木柴搬进来，并且少去锯木坊，多在田里做活，时时可以帮她做点儿家里的杂事。他甚至在星期六半夜里，两个女的已经睡了之后，悄悄地下来擦洗厨房的地板；有一天他在搅牛乳取油，细娜出其不意地走来，又一声儿不言语走开，冷冷地望他一眼。

近来还有别的形迹表示她的不高兴，同样的不可捉摸但是更加令人不安。一个冬天的早晨，他已经起身，正在梳洗，他的蜡烛在窗户缝里透进来的风里头摇动，他听见她在他背后的床上说话。

"大夫说我不能没有人替我做事。"她用她的单调的似哭非哭的语调说。

他打量她还没有醒呢，她的说话声音吓了他一跳，虽然她平常也会半天不声不响忽然迸出一句话来。

他回过头来看她，印花布的被窝上现出她的模糊的轮廓，她的颧骨颇高的脸映着白布枕头带上点灰色。

"没有人替你做事？"他反问一声。

"你不说玛提走了你雇不起女工吗？"

弗洛美回过头去，拿起剃刀，弯下身子凑着那挂在洗脸架上边儿的斑斑点点的镜子照他的脸蛋儿。

"玛提干吗要走呢？"

"这个——她嫁了人，比方说。"他的女人的慢腾腾的声音从他背后过来。

"喔，只要你需要她，她不会丢下我们走了的。"他回答她，一边儿使劲刮脸。

"我倒不愿意让人家说闲话，说我不让玛提那么个穷人家姑娘去嫁给邓尼斯·伊迪那么个漂亮人物。"细娜打起悲调来表白她这番牺牲自己顾全别人的意思。

伊坦的眼睛看着镜子里边的脸，仰起脖子来把剃刀从耳根底下往下巴颏儿拉。他的手是稳定的，但是这个姿势供给他个借口，可以不立刻回答。

"可是大夫又说我不能没有人帮着做事，"细娜接着说，"他要我跟你说，他认得一个人家有个女孩子，也许能来——"

伊坦放下剃刀直了直腰，哈哈一笑。

"邓尼斯·伊迪！要是你说的是这个人，大可不必亟亟找雇工。"

"唉，我要跟你谈一谈。"细娜坚持不放。

伊坦在那儿急急忙忙穿衣服。"也好。只是我这会儿没有工夫；饶是这么赶，已经迟了。"他回答，一面掏出他的旧的银壳表来凑着蜡烛光一看。

细娜不再言语，躺在床上默默地看他拉上背带，套上上衣；但是当他走到门口的时候，她突然地并且深刻地说："我怕你再也不会不迟了，现在是天天都得刮脸啦。"

这一支冷箭比了邓尼斯·伊迪呀什么的更加叫他惊惶。这是一个事实，自从玛提来了之后他变了每天刮脸了；但是他每天在黑地里从她身边爬起来的时候，她总像是还睡着，他也糊里糊涂地以为她不会注意他的容貌上有什么变化。在过去也曾有过一两次他曾因为细诺比亚的怪脾气而多少有点感觉不安：她让一些事情发生，好像没有留神，过了多少天甚至几个月之后她忽然不经意似的说句话，显露她早就注意并且曾经放在肚子里推敲。可是近来弗洛美的脑子里已经没有容留这些疑虑的余地。连细娜这个人也由一个咄咄逼人的实体褪成一个虚无缥缈的影子。他生活在玛提·息尔味的身上，眼睛里看见的是玛提，耳朵里听见的是玛提；他不能想象他的生活能有别的样式。但是现在，他站在教堂的外头，看着玛提跟着邓尼斯·伊迪一路旋转过来，他平常置之度外的一切暗示，一切冷言热语，兜地重上心头……

第二章

跳舞的人从屋子里拥拥挤挤地出来，弗洛美把身子闪在外层木板背后，看着那些衣巾臃肿的人影子逐渐散开，时而有一线摇曳的灯光照出一个既饱且乐的通红的脸。镇上的人，因为步行，先爬上斜坡，走上大街，住在乡下的慢慢地坐进车棚里头的雪车。

"不坐车吗，玛提？"从车棚边上人堆里出来一个女人的声音，伊坦的心突然一跳。从他站在那儿的地方他看不见屋子里出来的人，要等他们走了几步，过那扇木板门，才看得见；但是打从那扇门的缝隙里他听见一个清朗的声音回答："哟，不！这样的夜晚坐车？"

然则她已经近在咫尺，只隔开他一层薄板了。一霎时她就要走出户外，他的已经习惯于黑暗的眼睛将要清清楚楚看见她，如同白昼一般。他忽然一阵害羞，退却到墙角黑暗处，站在那儿不做声，不走上去迎接她。他们两个的交往打头就有这么一个特点：她是两个里头较为敏捷，较为细致，感情较为外露的一个，可是这不但没有使他相形之下愈加退缩，反而把她的轻快和洒脱分了一点给他。但是今天他不禁自惭形秽，好像又回到他的学生时代远足的时候想和那些本地姑娘说笑而又不敢一样。

他躲避在黑地里，她一个人走了出来，在离他几步的地方停了步。她差不多是最后走出屋子的一个，她站在那儿四面张望，好像在纳闷他为什么还不出现。一会儿一个男人的影子走近前来，直到她的身边，两个人的影子混成一个模糊的轮廓。

"绅士朋友失了约啦？唉，玛提，这有点儿跟你开玩笑吧？不，我不会去给你宣传。我不那么小气。"（弗洛美听见这些无聊的调笑，恨得直咬牙。）"可是——嗨，你说是运气不是？老头儿的小马车在这儿等着咱们。"

弗洛美听见女孩儿带笑带不信的声音："你父亲的马车来这儿干吗呀？"

"呃，等着我坐啊。我连小斑马也弄来了。我好像知道今天晚上得放一趟车似的。"伊迪得意非凡，在他的卖弄的词语里加进点儿多情的调子。

那位姑娘好像有点动摇了，弗洛美看见她迟疑不决地拿指头儿摩弄披巾的角。他怎么样也不肯走一步或是咳声嗽，虽然在他肚子里好像他的生死决于她的下一个举动。

"你等等儿，我去把马牵过来。"邓尼斯一边儿迈步往马棚，一边儿跟她说。

她站在那儿一动也不动，望着他的后影，她的安详的期待的态度可把黑地里守着的那个急坏了。弗洛美注意到她不再东西顾盼，不再在黑暗里寻找另外一个人的影子。她让邓尼斯·伊迪把马牵出来，让他爬上车座，让他揭开熊皮坐褥让她上车；然后，她突然扭转身飞也似的冲上斜坡向教堂大门口跑去。

"再会！但愿你车子坐得安乐！"她回过头来叫唤。

邓尼斯哈哈大笑，一鞭子把马催上坡，一会儿追上了她。

"来吧！快点儿上来！这一截子滑得要命呢。"他大声叫唤，一边探着身子伸出一只手去接她。

她笑着回答他："再会，再会！我不上来了。"

这个时候，他们已经走远，弗洛美听不见他们说话，只能目送他们的侧影顺着坡脊前进。他看见伊迪过了一会儿跳下车，一只胳膊挽着缰绳往那女孩子身边走去。他伸出那只胳膊去挽女孩子的胳膊；可是她灵巧地闪开了，弗洛美的一颗心也从黑暗的深渊上头摇摇荡荡回到安全的窝里。一刻儿工夫，他听见马车的铃声渐去渐小，远远看见一个人影子独自向教堂前面的阒无行人的雪地里走去。

在华律师家门口的枞树底下他追上了她，她回过头来"喔！"了一声。

"打量我忘了你了吧，玛特？"他腼腼腆腆似笑非笑地问她。

她正正经经地回答他："我只当是你也许来不了啦。"

"来不了？干吗来不了？"

"我知道细娜今儿个有点不舒服。"

"喔，她早就上了床了。"他顿了一顿，一句话哽在喉咙

32

口。"那么你打算一个人走回去？"

"我是不害怕的啊！"她笑了。

他们站在枞树底下的黑影里，在他们四围一个虚寂的世界在星光底下闪耀，苍苍然茫茫然。他把那句话吐了出来。

"你既然估料着我来不了，那你为什么不坐邓尼斯·伊迪的车子回去呢？"

"怎么着？你在哪儿来着？你怎么知道的？我怎么没看见你？"

她的惊诧声和他的笑声滚在一块儿，像春雪既融之后的山溪。伊坦觉得他做了件机灵的淘气的事儿。为了延长这个印象，他寻找一句警辟的话，一会儿找着了欣欣然地叫了出来："来吧！"

他伸出一只胳膊挽住她的胳膊，像伊迪那样；他仿佛觉得把它往她身边拢了一拢。但是两个人谁也不动。枞树底下暗得很，他差点儿看不出靠在他肩膀旁边的她的头。他很想把他的脸低下去偎弄偎弄她的披巾。他恨不得和她两个站在那个黑暗之中直到天亮。她往前走了一两步，然后在考白里路开始下降的地方又站住了。那一段冰雪掩盖着的坡道让无数雪橇的底板划破，像小旅店里许多客人搔爬过的镜子。

"月亮没落下去的那会儿，多少人在这儿滑雪来着。"她说。

"你也愿意哪天晚上来跟他们滑一阵子不？"他问她。

"喔，你来不来呢，伊坦？一定是多有趣的！"

"要是明儿有月亮，咱们明儿就来。"

她又徘徊了一会儿，紧紧地挨着他。"纳德·郝尔和路德·华努谟差点儿撞上了底下那棵大榆树。我们全都以为他们完了。"她的寒战传到他的胳膊上。"那岂不太可怕吗？他们俩正在这么快活的时候！"

"喔，纳德的驾橇真是要不得。我想我能好好儿地滑你下去！"他傲然地说。

他知道他是在"说大话"，跟邓尼斯·伊迪一样；但是他有点喜欢地忘其所以，还有，玛提说起那一对订了婚的"他们俩正在这么快活的时候"，她的语调使他觉得她好像在暗射着她和他。

"那棵榆树的确很危险，可是。该把它砍了。"她坚持她的意见。

"我来给你驾橇，你还怕吗？"

"我早就跟你说了，我不是害怕的人。"她回答他，冷冷淡淡地；忽然，她迈开快步向前去。

她这种一会儿一个情调，叫伊坦时而灰心时而高兴。她的心灵的转动像枝头小鸟的翻飞一样地不可捉摸。因为他没有资格对她表示感情，因而挑拨她表白她的感情，所以她的一颦一笑无不使他异样的重视。一会儿他觉得她明白他的意思，他害怕；一会儿他又相信她不明白他的意思，他失望。今天晚上，一连串的疑虑把天平朝失望这一头压下；她的冷淡，因为紧接在她的挥去邓尼斯·伊迪叫他大大快活之后，格外觉得寒气逼人。他和她一路走上了学堂山，默默地走上往他的锯木坊去的小路；他实在忍不住了，得有个确实的着落。

"要是你不跑回去和邓尼斯再来上那场旋旋舞，你一出门就看见我了。"他不很自然地说了出来，他提到那个人的名字喉咙里的肌肉就得紧张一下。

"唉，伊坦，我怎么会知道你在外头等着呢？"

"我怕人家说的话是真的。"他不回答她的话，自顾自说下去。

她忽地站住，他在黑地里觉得她抬起脸来看他的脸。

"怎么着？人家说什么来着？"

"无怪乎你要离开我们了。"他顺着他自己的思想滚下去。

"这就是他们的话吗？"她带点嘲笑反问他；然后，忽然从她的悦耳的高音直落下来："哦，你的意思是细娜——她不快活我，不是？"她讷讷然地说。

他们的胳膊分开了，他们站在那儿一动不动，各自在黑暗中辨认对方的脸色。

"我知道我不能干。"她接着说；他要想辩白苦于找不着适当的语句。"有多少事情是一个女工能做而我至今还做不好的——我的力气也不够。可是只要她肯说给我，我都愿意试试。你也知道的，她简直不开口，我有时候也看得出她不快活，然而不知道是为了什么。"她忽然对他愤愤地，"你该告诉我啊，伊坦·弗洛美——你怎么也不言语呢？要不就是你也要我走——"

要不就是他也要她走！这句话在他的创口敷上了一层油膏，铁铸的天也融化了，降下了甘霖。他又挣扎着找寻一句表白一切的话，找来找去还只有一个"来吧"，一边儿他的胳膊又挽住了她的。

他们默默地走尽了那条两边长着罕乐枞的小路，掠过伊坦的锯木坊，到了比较开朗的田野。空旷的田地在他们面前展开，在星光之下，灰白而凄凉。有时候他们的路经过险暗的冈阜的脚下，或是穿过半明半暗的一簇落了叶子的树林。这儿，那儿，一所农舍远远地直立在田地的中间，无声无气像一块墓碑。夜静极了，他们听得见脚下的冻雪吱吱格格地响。远处林子里被雪压断的树枝落地，突然一声像鸟枪；有一个狐狸嗥叫，玛提偎紧了伊坦，加快脚步。

他们终于远远地看见了伊坦家门口的一簇落叶松；当他们一步步走近的时候，"今天又完了"之感把伊坦的话找了回来。

"那么你是不想离开我们的了，玛特？"

她的声音小得叫他不得不低下头来才听见："我要走又往哪儿去呢？"

她的答语叫他心痛，但是她的声调叫他快活。他忘了他还有什么话要说，只是把她紧紧挽住，贴在自己身边，觉得她的热气钻进了他的血脉。

"你没有哭吧，玛特？"

"不，我不哭。"她抖抖地说。

他们走进篱笆门，在一道矮矮的石墙围住的弗洛美家的墓园旁边走过，那里边的多少块墓碑在雪地里横斜倚伏。伊坦好奇地看了看。多少年来，那些个同住的躺在那儿不声不响地讥讽他的浮躁，嘲笑他要求变动和自由的欲望。每一块墓碑上都好像刻着"我们一个也没有能跑开——你怎么能作此妄想？"进进出出打这儿经过，每次都不寒而栗，心里想："我也就只能在这儿混日子，到末末了儿也往这里头一躺。"但是今天，一切变动的要求都消失了，这小小的墓园给他一种温暖的延续和安定之感。

"我相信我们永远不会放你走，玛特。"他悄悄地说，好像连那些死人，他们在生的时候也都曾你亲我爱来着，现在也帮他说话，劝她别走；他的脚步走过墓园门口，心里想："我们永远一块儿在这儿过活，有一天她将要躺在那儿，在我的旁边。"

他让这个幻景占据他的全身，当他们一路爬上坡走近房子的时候。他和她在一块儿的时节，再没有比放任他自己做这些梦想更快活的了。爬到斜坡的半路上，玛提脚下让什么一绊，一把抓住他的袖子稳住身子。一阵热浪散布他全身。他第一次偷偷地把他的胳膊拢住她的腰，她也不拒却。他们继续前进，像飘浮在夏天的溪河里。

细娜照例一放下晚饭碗就上床，没安木头窗板的窗户现在是黑的。门廊上头一根枯了的胡瓜藤在风中摇摆，活像丧事人家门口挂着的黑纱，伊坦的脑子里忽然一闪："要是细娜——"立刻他又看见他的女人睡在他们的卧室里，她的嘴微微张开，她的假牙放在床头边一个茶盅里……

他们绕到房子的后边，在硬僵僵的鹅莓丛中穿过。细娜的惯例，每逢他们从镇上回来得太晚的时候，她就把厨房门的钥匙放在门口的小席底下。伊坦站在门口，他的脑子里梦想，他的胳膊围住玛提的腰身。"玛特——"他叫了一声，又忘了他想说什么。

她一声儿不言语溜出他的胳膊，他弯下身去摸钥匙。

"哎哟，不在这儿！"他吓了一跳，伸直了身子。

他们在冰冷的黑夜里你望着我我望着你。这样的事情从来没有过。

"也许她忘了。"玛提小声抖抖地说；可是他们两个都知道细娜不是粗心的人。

"怕是落在雪里头了。"玛提接着又说，在他们站着凝神细听了一会儿之后。

"一定是我摸的时候把它推开了。"伊坦用同样的语调应和。另外一个怪想在他脑子里一闪。万一有个流浪人来过——万一……

他又聚精会神倾听，仿佛听见屋子里远远有点声音；他在口袋里摸出一根火柴，刮着了，跪下去，在台阶边上的积雪里慢慢地寻找。

跪在那儿他的眼睛和门的下半截嵌板一样高，在那底下瞥见一线淡淡的灯光。在这个沉寂的房子里有谁还醒着呢？他听见楼梯上一个脚步声，他又想到流浪人。门开了，他看见他的女人。

　　衬着厨房的黝暗的背景，她显着高而瘦削，一只手提着一条棉被遮着她的平塌的胸部，那只手掌着一盏灯。灯光齐着她的下巴颏，照亮她的皱缩的喉头和提着棉被那只手的突出的腕骨，把戴着一圈儿卷头发的夹针的高颧骨的脸照得高处更高，洼处更洼。对于依然置身于五色云中的伊坦，突然面对这明确而强烈的景象，犹如惊醒之前的最后一场噩梦。他觉得他以前从来没有看清楚他的女人的容貌。

　　她一声儿不言语往旁边一闪，玛提和伊坦走进厨房；刚刚从干冷的野外进来，里头的阴寒像墓穴。

　　"还当是你忘了我们了，细娜。"伊坦半玩笑似的说，一边儿蹬去靴子上的雪。

　　"我倒没有忘了。只是怪不舒服的，简直睡不着。"

　　玛提走上前，一边解开她的披巾，披巾的樱桃色留在她的鲜嫩的嘴唇和两颊。"真是对你不住，细娜！还有什么事情我可以帮你吗？"

　　"没有；没有什么事情，"细娜转过身去，"你该在外头把雪拍了进来呀。"她对她的男人说。

　　她领头儿走出厨房，在过道里停了脚步，把灯高高举起，好像是照着他们上楼。

　　伊坦也止了步，故意摸索墙上挂衣帽的木头钉子。两间卧房的门隔着狭小的楼梯头相对，今天晚上他特别觉得不愿意让玛提看见他跟着细娜走进房去。

"我想我还得有一会儿再上去。"他说，转过身去好像要回进厨房。

细娜站住了望他一眼。"怪了——你待在底下干什么？"

"我要算一算锯木坊的账目。"

细娜继续目不转睛地望着他，没有罩子的灯把她的愁眉苦脸照得纤屑无遗。

"在这个黑更半夜？不把你冻死！火熄了多久多久了。"

他也不答话，抬起脚来往厨房里去。这个时候他的眼光遇上了玛提的眼，他好像看见她的眼睫毛底下偷偷地发出一个警告。再留心一看，她已经耷拉着眼皮儿走在细娜头里开始登上楼梯。

"你的话不错。这儿可真冷。"伊坦一边说，一边低下头跟在他的女人身后，走进他们卧房的门。

第三章

他的林场里有些个伐下来的木料要运到镇上去，伊坦第二天早早的就起来。

冬天的早晨水晶般明澈。纯净的东边天上朝日烧得通红，林子边上的影子是暗蓝色，隔着那耀眼的白漫漫的田野远处的树林像挂在半空的烟云。

是在这清晨的寂静里，当他的肌肉做着那习惯的工作，他的肺深深地吸入山间的空气的时候，伊坦的思想最是清楚。他和细娜自从关上房门之后没有交谈过一句话，她从放在床头的椅子上的一个药瓶里倒出几滴，把它吞下肚，拿一块绒布把她的脑袋裹好，就脸朝里睡了下去。伊坦急急忙忙脱下衣服，把灯吹熄，免得上床的时候看见她的脸。他躺在床上听得见玛提在她屋子里走动的声音，她的蜡烛把它的小小的光线送过楼梯头，在他的门底下透过一线淡到难于看见的亮光。他凝视着那点儿微微的光，直到它灭了。于是屋子里头完全漆黑，也听不见什么声音，只有细娜的带喘的呼吸。伊坦心里乱糟糟地，觉得有许多问题要思索，但是在他的搏动的血脉和疲倦的脑子里只有一个感觉：靠着他的肩膀的玛提的肩膀的温暖。他抱住她的时候为什么不亲她的嘴呢？几个钟头以前他不会问这句话。甚至几分钟之前，他们两个人站在房子外头的时候他也不敢想起亲她的嘴。可是自从他看见灯光之下的她的双唇之后，他觉得这是属于他的。

现在，在明朗的清晨空气里头，她的脸依然在他的眼前。太阳的殷红，雪的洁白，这里头都有她在。自从她来到斯塔克菲尔之后，这个女孩儿变化得多厉害！他还记得他在车站上接她那一天看见的那个苍白瘦弱的东西。整个那一冬，当北风撼动那薄薄的墙板，雪片像雹子似的拍打那关不严密的窗户的时节，你看她抖得那个样儿！

他曾经担心她会怨恨这艰苦的生活，怨恨这儿的冷和寂寞；但是她从来没有抱怨过一句。细娜的解释是：玛提不喜欢斯塔克菲尔也得喜欢，因为她没有第二个地方可去；可是伊坦不以为然。至少细娜自己没有应用这条原理。

他尤其可怜这个孩子，因为她的不幸的命运仿佛把她押给了他们。玛提·息尔味是细娜的一个表叔奥林·息尔味的女儿，那位表叔从山村里跑到康涅狄格州，娶了一个斯丹福城里的女子，继承了她的父亲的颇为发达的"药房"生意，曾经使本家亲戚们又妒又羡。不幸，这个心高志大的人死得太早，没有能证明他的目的足以辩护他的手段。他的账目仅仅披露了他一向的手段是如何；而账目的审核是在他的热闹的丧事之后，总还算是他的寡妻孤女的万幸。他的太太在事情的披露之后不久就相从地下，丢下刚二十岁的玛提，凭着出卖她的钢琴的五十元要在这个世界上谋生。为了这个目的，她的教育，虽然繁复，还嫌不够。她会修饰一顶帽子，她会做糖果，她会唱"今儿个晚上没有钟声"，她会弹"失去的一根弦"和《卡尔门》里头的杂曲。当她想朝速记和会计方面去发展的时候，她的身体支不住了；六个月在一家百货店里站柜台的生活更不像是可以恢复她的健康。她的亲戚们曾经信他父亲的话把他们的积蓄放在他手里，虽然在他死后慨然地尽了基督徒以德报怨的责任，尽量贡献他的女儿种种意见，可是谁还能指望他们在空言之后继以实惠？当给细娜瞧病的大夫劝她找个人儿帮她做活的话传开了以后，亲戚们立刻看见从玛提身上找点儿赔偿的机会。细诺比亚，虽然她信不及这位姑娘的本领，可禁不起有吹毛求疵之自由而无得而复失之危险的诱惑；于是玛提来到斯塔克菲尔。

　　细诺比亚的吹求是不声不响的，但是并不因此减少它的厉害。在开头几个月，伊坦一会儿盼望看见玛提公然反抗，望得心里冒火，一会儿害怕反抗的结果，怕得心里发抖。慢慢地形势缓和下来。纯净的空气，长夏的野外生活，恢复了玛提的活泼和弹性，同时细娜有了更多的闲工夫招呼她的复杂的病痛，也渐渐地少留心这位姑娘的缺失，因此伊坦虽然终年在他的荒瘠的田地和萧条的锯木坊的重担之中挣扎，至少能自己安慰自己，总算是一家人和和气气。

　　真的，就以此刻而论，也没有明显的不和气的形迹；但是自从昨天晚上起，一种模糊的恐惧挂在他的天边。他记得细娜的执拗的沉默，他记得玛提眼睛里的突然的警告，他想起在清晨的万里晴空里那些瞬息即逝的隐微的预兆，告诉他不到天黑要有雨。

他的恐惧非常强烈，使他和所有的男子一样尽量延宕，不敢追问一个究竟。他在林场里装载那些木材，晌午过了才了手。这些木材是要送到斯塔克菲尔街上交给建筑商安特鲁·郝尔的，他要是图安闲就不妨自己赶车子送木材，让他的雇工约坦·包威尔回到地里去做活。他已经爬上车，横跨着坐在木头堆上，俯视着他那一对长毛蓬鬆的灰色马，忽然在他和两匹马的冒热气的脖子之间他又看见了昨天晚上玛提递给他的警告的眼色。

"若是有什么乱子，我要自己在那儿。"这是他的模糊的念头；他说给约坦一个意外的命令，要他把马解下来牵它们回马房。

在积雪很深的田亩间走路快不了，两个人走进厨房门，玛提已经从炉子上提起咖啡锅，细娜已经坐在饭桌上。她的男人看了她，呆住了。她穿的不是她平常的印花布衫子和手织的围巾，是她的最好的一套棕色麦利奴衣裙，在她的还保存着鬈浪的几缕稀疏的头发的上头竖起一顶直挺挺的帽子，伊坦还记得为了这顶帽子他不得不付五块钱给贝茨伯里奇百货公司。在他脚下地板上，直立着他的旧提包和一个用纸包好的硬纸盒。

"怎么，你上哪儿去，细娜？"他叫了出来。

"我的刺痛太厉害了，我要到贝茨伯里奇去在马大·皮尔斯婶娘家住一宿，找那儿的那位新大夫。"她平平淡淡地回答，好像她说的是到储藏室里去看看蜜饯或是阁楼上去检点检点毯子似的。

细娜虽然好静不好动，这种突然的决断也不是没有先例。从前有过两三次，她忽然带了伊坦的提包往贝茨伯里奇甚至斯普令菲尔去，给一个新来的大夫瞧病，她的男人对于这种远行颇为畏惧，因为花钱不少。细娜出去一趟回来，一定带上许多贵重的药品；她最后到斯普令菲尔去那趟尤其可以纪念，她花了二十块钱买了一对电池回来，始终也没有学会怎样使用。但是以目前而论，他只感觉心里一块石头落地，一点也不想到别的事儿。他现在完全相信细娜昨天晚上说她怪不舒服睡不着是说的实话：她突然决心去找医生，证明她是和平常一样，一心一意地注意她的身子。

仿佛是预防她的男人的抗议似的，她带点悲伤的调子接下去说："你要是忙着装运木料不得分身，我想你可以让约坦·包威尔套上那匹栗色马送我去考白里场搭火车。"

她的男人简直没有听见她说什么。冬天这几个月，斯塔克菲尔和贝茨伯里奇中间没有长途马车，在考白里场打停的火车是慢车而且没有几班。匆匆的一算，伊坦知道细娜顶早也得明天晚上才能回家……

"我要是知道你不肯让约坦送我……"她又重新开头，认为他不言语就是不赞成。在动身出门之前她常常忽然话多起来。"只是照我目前的样子，"她接着说，"我可实在撑不住了。

现在一路疼下去已经疼到了脚腕子，要不然我尽可以两只脚走到斯塔克菲尔，请迈克尔·伊迪让我搭他的马车上考白里场，他的车子天天都去车站接货的。自然，这么一来，我得在车站里等上两个钟头等下行车，可是我宁愿等两点钟，在这样冷天等两点钟，不愿意听你说一句——"

"当然，当然，约坦可以送你去。"伊坦唤醒他自己作答。他忽然觉察，在细娜跟他说话的时候他在那儿看着玛提，他勉力把他的眼睛拨到他的女人脸上。她脸朝窗坐着，窗户外头的雪映过来的苍白的光把她的脸照得比平常分外绷得紧，分外没有血色，使她的耳朵边连到嘴巴上三道平行的皱纹分外明显，并且从她的瘦削的鼻子旁边画上两条怨气冲冲的线挂到她的嘴角。她虽然只比她的男人大七岁，而他才二十八，她已经是一个老女人了。

伊坦想找两句应景的话来说说，但是他心里只有一个念头：自从玛提来他们家，这是第一回细娜不在家里过夜。他不知道这个女孩子心里是不是也在想着这个……

他知道细娜心里一定在纳闷，为什么他不说自己送她去车站，让约坦·包威尔送木料上斯塔克菲尔；起头他也找不着一句话来借口。过了一会儿他说："我本想自己送你去，只是我要乘便把木料钱收了来。"

这句话才说出口他就后悔，不但是因为这是个谎话——他没有向郝尔收现钱的希望——尤其因为他从过去的经验知道，在细娜出发访医临行之前让她知道他手头有钱，是万分的不妥。可是这会儿他的唯一的希求是避免陪她坐在只会慢慢踱步的老惫的栗色马后头长途跋涉。

细娜不说什么：她好像没听见他的话。她已经把饭碗推开，从她肘后的一个大瓶子里倒药水出来。

"这瓶药吃了一点效也没见，可是既买了来我想还是吃完了它的好。"她说；接着把空瓶往玛提那儿一推，说："你要是能把里头的药味儿洗干净，也还可以装泡菜。"

第四章

　　他的女人的车子走了以后，伊坦就打木头钉子上把衣帽取下。玛提在那儿洗碗碟，嘴里哼着一支昨天晚上跳舞会里的舞曲。他说了声"再会，玛特"，她也轻快地回了一声"再会，伊坦"；两个人都没有再说什么。

　　厨房里头又暖又亮。太阳打朝南的窗户里斜斜地照进来，照在那个女孩子的转动的身子上，照在蜷伏在椅子里瞌睡的猫儿身上，照在盆子里的牻牛儿上，这个花儿是夏天里伊坦种在厨房门外给玛提做"花园儿"玩儿，天冷了才移在盆子里拿进来的。伊坦很想多流连一会儿，看她把东西拾掇好，坐下来做针线；但是他更想快点儿把木料送了赶天黑之前回家。

　　他赶着车子往镇上去，一路上继续想念回家和玛提相会。这间厨房是个不挺可爱的地方，不像他小时候他的母亲管家的时候那么"漂亮"；但是说也奇怪，细娜一走开，这间屋子立刻换了个样子，像个家。他心里描画着今天晚饭后他和玛提坐在里头的时候这间屋子的景象将是怎么样。这是头一次屋子里头只有他们两个人在一块儿，他们将要相对而坐，一个在炉子的这边，一个在那边，像一对夫妻，他脱了鞋，抽着烟斗，她笑着说着，另有她的一种风格，老是让他觉得这是头一回听见她说话的声音似的。

伊坦脑子里装上这一幅甜蜜的画，又因为对于细娜要"生事"的过虑已经烟消云散，他大大地高兴起来，平常老是这么不声不响的人，这会儿也嘴里哼哼唧唧唱起歌来。伊坦的性格中本来有一点潜伏着的"乐与人交"的性质，斯塔克菲尔的悠长的冬天也没有完全把它扑灭。虽然他自己是天生稳重沉静的人，他可也很羡慕别人的嬉笑和放浪，有人和他亲近他也觉得暖入骨髓。在乌司特上学的时候，他是有名的孤独朋友，对于赏心作乐完全是外行，可是偶尔有人拍拍他的背，叫他一声"老伊"或"老傻"，他嘴里不说，心里可高兴。回到斯塔克菲尔以后，再没有人和他这么玩笑，这也增加他的寂寞。

在斯塔克菲尔，他的寂寞一年深似一年。自从他父亲出了事情以后，丢下他一个人在地里和木坊里两头儿忙，也就没有工夫去镇上闲逛或聚会；他母亲病了之后，屋子里的寂寞更在田野之上。他母亲早年本是个健谈的人，可是自从"出了怪"，就不大开口了，虽然她并没有失去言语的能力。有时候，在漫长的冬夜，她的儿子忍耐不住，问她为什么不"说说话儿"，她就伸出一个指头来，回答他："因为我在这儿听着。"有时风雨之夜，他若是和她说话，她会告诉他："他们在外头说话的声音太大，我听不见你说的什么。"

一直到了她病重，他的表姐细诺比亚·皮尔斯从隔山的乡镇里过来帮着他照料她老人家，这个屋子里才有了人声。在他的长期沉默囚禁之后，细娜的刺刺不休在他耳朵里也成了仙乐。他觉得他自己说不定也会像母亲一样的"怪"起来，若是没有这个新的人声来支持他。细娜好像一眼就看明白了他的处境。她笑他不知道怎么服侍病人，叫他"走你的"，让她料理一切。服从她的命令，感觉有行动的自由，可以一心在外头做活，并且有和别人说话的机会——光是这个事实已经足够恢复他的均衡，并且扩大他对于细娜的感激。她的能干叫他羞愧也叫他钦佩。她好像天生会管家，而他学习了这么多年还没有学会。到老母临终的时候，也是她拿主张，叫他套上车子去找办丧事的人；到了处置母亲的遗物的时候，他还说不出母亲的衣服和缝衣机给谁，她觉得他简直幼稚得可笑。母亲下葬以后，他看见她收拾行装，他忽然一阵不可理喻的恐怖，怕又剩下他一个人；连他自己也不知道怎么一来，他已经把细娜留下来陪他了。过后他常常想，事情也许不至于如此，倘若他母亲不死在冬天而死在春天……

他们结婚的时候，本来约定，一旦他把因为老太太的久病欠下来的债务还了，他们就把田和锯木坊卖了，搬到大城市里去另谋出路。伊坦爱好自然，可是并不因此喜欢在地里做活。他要做工程师，住在城市里，有演讲，有大图书馆，有"干事业"的人。在乌司特上学的时期他曾经有机会去佛罗里达州做过一点小工程，这个一方面增加他对于自己的能力的自信，同时也使他更加急切去见识见识这个世界；他相信，凭他自己再加上细娜这么"能干"的一位内助，不上几年他就会在这个世界里打出一个位置。

　　细娜的家乡比斯塔克菲尔稍微大点儿，离铁路也近点儿，她一起头就让伊坦知道，隔离在山里的庄家生活不是她结婚时候的希望。但是买田的人迟迟不来，伊坦一天天等下去，慢慢地明白移植细娜的不可能。她瞧不起斯塔克菲尔，可是她也不能住在一个瞧她不起的地方。连贝茨伯里奇或是沙德福尔都不会注意到她的存在，到了伊坦心向往之的那些大城市里头她更加会像一滴水落在海洋里。而且在他们结婚之后不到一年，细娜就"怯生生"起来，从此连在那个富有疑难杂症的乡镇上也有了名。她来服侍他母亲的时候，伊坦把她看成健康之神，但是不久他就觉察，她的看护的技术是由于她十分注意她自己的病象而得来的。

　　于是她也沉默起来了。也许这是山间的农家生活的不可避免的效果，也许是，照她自己有时候的说法，因为伊坦"不理不睬"。她的埋怨不是毫无根据。她一开口就是诉苦，而且诉说的是他没有力量补救的事情；为了抑制自己的恶声相报的倾向，他养成一个习惯，先是不答她的话，后来变成她说她的，他想他自己的事情。可是最近，因为他不得不更仔细地观察她，她的沉默开始使他忧虑。他想起他母亲的渐渐不说话，他不知道细娜是不是也在往"出怪"的路上去。女人家常常犯这个病，他知道。细娜说得清楚整个这一区里谁生什么病，历历如数家珍，在服侍他母亲的时候就数出好些个同类的例子；他自己也知道有几个孤独的田庄里有这种病人在那儿苟延残喘，还有几家曾经因为这种病人的出现产生突如其来的悲惨。有好几回，他看着细娜的闭了眼的脸，不由自主地打寒噤。可是也有些个时候她的沉默好像是有意借此遮盖她的深谋远虑，她的因疑因恨而生的不可测度的神机妙算。这个假设比了头一个更加令人不安；他昨天晚上看见她站在厨房门口那一刻儿就疑心她是这样。

这会儿，她动身往贝茨伯里奇去，又把他心头的忧虑解开，他一心只想到晚上和玛提相聚。只有一件事情使他不能宽心，就是他告诉细娜他的木料能收现款。他预料这句话的后患不堪设想，因此万分无奈决计向安特鲁·郝尔开口要他先付一点儿。

伊坦的车子走进郝尔的院子的时候，这位建筑商正从他自己的车子上下来。

"嗨，伊坦！"他说，"你来得正好。"

安特鲁·郝尔生的一张红脸，两撇花胡须，双下巴颏儿上露出一片胡子根；他不戴领子，可是雪白的衬衫领口扣着一颗嵌钻石的纽子。你可别误会他当真是个富翁，他的生意虽然好，他花钱可也随便，儿女又多，所以他实际上常常是斯塔克菲尔地方话所谓"不凑手"。他和伊坦家里一向有往来，他家是斯塔克菲尔镇上细娜间或去一去的有数几家人家里头的一家，也因为郝尔太太年轻的时候求医服药比这个镇上哪一位女子都更有经验，至今还是一位关于病和医的公认的权威。

郝尔走近那一对灰色马，拍拍它们的汗津津的腰背。

"哎，老兄，"他说，"你这一对家伙养得可真有你的。"

伊坦开始把木头卸下，卸了就把郝尔的嵌玻璃的账房门推开。郝尔一双脚搁在炉边，背靠着一张旧书桌，桌子上堆满了各项单据：这个地方像他这个人儿，温暖，亲热，而不整齐。

"坐下来取个暖儿。"他招呼伊坦。

伊坦不知道怎么开口，过了好一会才结结巴巴的提出他的要求，请他先付五十块钱。郝尔一脸的诧异之色，伊坦反而面红耳赤的不好意思起来。这位建筑商的惯例是三个月之后付款，他和伊坦几年以来都没有货到付现的先例。

伊坦觉得，若是他同时说明他要这笔钱有个急用，郝尔也许肯设法凑合一下；但是他一来不愿意求告，二来也本能地觉得这个不妥当，终于不说明原故。自从他父亲死了之后，他很费了些个事才能爬起来，他不愿意安特鲁·郝尔，或是斯塔克菲尔镇上任何人，误会他又要栽下去。而且，他天生不愿意撒谎；他要这个钱就是要这个钱，谁也不能问他为什么。所以他开口的时候有点硬僵僵的，像一个傲气的人不肯自己承认他是低头求告；郝尔的拒绝倒也在他意料之中。

郝尔的拒绝是很婉转的，他这个人无往而不婉转：他把它当做一个玩笑，他问伊坦是打算买一架大钢琴哪还是要在他房子上头添造一个圆顶阁楼；要是造阁楼，他可以效劳，不取工钱。

伊坦不久就技穷了，尴尴尬尬地待了一会儿之后，就起身告辞，拉开账房的门。他走出门一两步，那个建筑商在后头叫住他："嗨——你别是等着这个钱吧？"

"不。"伊坦的傲气一口把他回绝，他的理智来不及阻止。

"很好。因为我倒有点不凑手，有那么一点儿。说实话，我本来还想请你多宽点儿期限来着。一来是生意清淡，二来我正在预备给纳德和路德盖个小房子，他们快结婚了。我自然乐意给他们出点力，可是得花钱哪。"他的神情是在求伊坦谅解。"年轻人爱个好看。你自己该知道：早不了多久你不是也为了细娜把你们家装修一番的吗？"

伊坦把他的马寄在郝尔的马房里头，上街去办些个别的事情。他一路走着，郝尔的最后一句话还逗留在他的耳朵里，他不禁感慨，他和细娜同住的七个年头在斯塔克菲尔这些人看来还是"早不了多久"。

天渐渐暗了下来，这儿那儿的玻璃窗里已经有灯光射出，地下的雪照得分外洁白。风寒刺骨，镇上的人都已经躲在室内，一条长街只有伊坦一个人。忽然他听见清脆的马铃声，一匹矫健的马拉着一辆小马车过去了。伊坦认得这是迈克尔·伊迪的斑马，年轻的邓尼斯·伊迪头戴新皮帽，探着半个身子伸手跟他招呼。"嗨，伊坦！"他叫了一声如飞而过。

那辆小马车是朝着弗洛美田庄的方向跑，伊坦耳听铃声渐远，心里一阵难过。别是邓尼斯·伊迪听见说细娜上贝茨伯里奇去，利用这个机会去和玛提聚会一个钟头吧！伊坦想到自己的醋劲，自己也惭愧起来。他怎么存这种心思呢？太配不上那个孩子了。

他走到教堂转角，到了华努谟家的枞树底下，昨天晚上和她站在那儿的地方。他走进树荫，看见一个不清楚的轮廓就在他的前头。他走近前去的时候，那个影子暂时分成两个，一下子又合拢，他听见接吻的声音，接着一声"喔！"发现了有个人在旁边。那个影子立刻又分开，半个走进华家的花园，砰的一声关上了门，半个匆匆走开，走在他的前头。伊坦无意之中把他们冲散，自己也觉得好笑。纳德·郝尔和路德·华努谟两个，就让人家看见他们接吻，又有什么关系？斯塔克菲尔镇上还有谁不知道他们是订了婚的？伊坦想起了昨天他和玛提心心相印地站在这个地方，今天偏又在这里碰上了一对情人，也可算是巧合；但是想到他们两个不必隐藏他们的幸福，心里又是一阵酸痛。

他到郝尔家把灰色马牵出，开始走上回家的上坡路。外边的寒冷已经不及早半天厉害，沉重的云空预示明天又要下雪。这儿，那儿，穿出三五颗疏星，透出背后的深蓝色。再过一两点钟，月亮就要从自己田庄背后的山头升起，在云堆里烧出一条金边的裂缝，又慢慢地被云吞没。一种凄凉的宁静挂在田野之上，好像它们也感觉寒威稍减，在它们的漫漫的冬眠之中伸伸脚。

伊坦尖起耳朵来听马铃声，但是在这荒凉的山路里没有一点声音打破那个沉寂。他的车子离家不远的时候，他从门口的落叶松的疏枝中间远远望见一星灯火。"她在楼上自己屋子里，"他自己跟自己说，"拾掇拾掇预备吃晚饭呢。"他又想起玛提初来那一天下楼来吃饭，头发梳得光光的，脖子上一条丝带，细娜看见她的时候含讥带笑地朝她瞪眼。

他走过墓园，回过头来朝一块较旧的墓碑望了一眼，他小时候对于这一块碑最感兴趣，因为那上头有他自己的名字。

纪念

伊坦·弗洛美和他的妻恩度伦斯，

他们平安相处五十年。

从前他常常想，同住五十年是颇长的岁月；现在想起来也是一眨眼就过去了。忽然，他又自己嘲笑自己似的想，他和细娜也有那么一天在他们坟前刻上同样的句子吧？

他推开马房门，把头伸进黑暗里去张望，又期待又害怕栗马旁还有邓尼斯·伊迪的小斑马。但是只有他的老马孤孤单单地把它的落光了牙齿的嘴伸在马槽里啃嚼；伊坦嘴里吹着胡哨，一边儿把两匹灰色马牵上槽，又在马槽里添上一袋燕麦。伊坦没有天赋的歌喉，但是当他锁上马房门，迈步上坡向他的房子走去的时候，粗糙的歌声从他的嘴里跳了出来。他走到厨房门外，拧转了门上的把手；但是门不开。

看见门上了锁，他吃了一惊，一个劲儿地摇撼那个把手；继而想起，玛提一个人在家，自然天黑下来她要把门锁上。他站在黑地里等待她的脚步声音。听了半天听不见，他就大声叫唤："喂，玛特！"他的声音里头有一团高兴。

回答他的是静默；过了一两分钟他听见楼梯上有声音，看见底下门缝里露出一线灯光，跟昨天晚上看见的一样。今天晚上好几件事情都和昨天晚上太巧合了，他听见钥匙旋转的时候他简直准备看见他的女人站在他面前；但是门开了，站在他面前的是玛提。

玛提的姿势恰巧就是细娜的姿势，一手掌着灯，衬着厨房的黑暗的背景。她拿灯拿得一样高，灯光照着她的颈项和手腕一样清楚，颈项纤细而光泽，小小的手腕不比一个小孩的大多少。再往上去，灯光照见她的嘴唇发亮，在她的眼睛四边围上一圈丝绒似的影子，在她的弯弯的双眉的上头敷上一层乳白色。

她穿着她平常穿的深灰的衣裙，领口没有花结；但是一条深红的丝带勒住她的头发。这点儿表示今天和往常不同的记号把她变化了，使她更有光辉。在伊坦看来，她高了点儿，丰满了点儿，多了点儿少妇的仪态。她往旁边闪开一步，不出声的笑了笑，让他走进来，然后自己走开，举步柔和而飘逸。她把灯放在桌子上，他这才看见晚饭已经用心摆好，有新鲜的油炸饼，有煮越橘，有他爱吃的几种泡菜，盛在一个华丽的红玻璃盘里。炉子里火光熊熊，猫儿懒懒地睡在炉跟前，半睡的眼睛看定了餐桌。

幸福之感塞住了伊坦的口鼻。他走到过道里去挂上外套，脱下湿靴。他再走进厨房的时候，玛提已经把茶壶放在桌子上，猫儿在劝诱似的摩擦她的脚腕子。

"咦，猫咪儿，你差点儿把我绊倒了。"她大声惊呼，笑意在她的眼睫毛背后发亮。

伊坦忽然又感觉一阵嫉妒。是他的回来叫她这么喜不自胜的吗？

"玛特，有客来过没有？"他不在意似的问她一句，一边弯下身去检点炉子的门。

她点点头，带笑说"有，一位。"他觉得眉毛一拧。

"谁呢？"他问她，同时抬起半身偷看她一眼。

她的一双眼睛淘气地转动。"约坦·包威尔啊。他回来以后进来了一下，讨了一口咖啡，这才回家去。"

伊坦的眉毛一松。"没别的事吗？我希望你煮了一杯给他。"停了停，他觉得应该再问一句："我想他把细娜送到车站赶上了火车？"

"喔，是的；早得很。"

这个名字在他们中间落下一阵寒气，他们站在那儿互相窥视了好一会儿，玛提才含羞一笑，说："我看是吃饭的时候了。"

他们把椅子拉近桌子坐下，猫儿也不用人家请它，自己跳上了他们中间的细娜的空椅子。"喔，猫咪儿！"玛提说，他们两个又都笑了。

伊坦早一刻儿觉得自己的话多得很；但是一提细娜的名字，好像再也张不开嘴来。玛提也好像传染上了他的哑病，奄拉着眼皮儿坐在那里，一口一口啜她的茶；伊坦呢，只顾吃炸饼和泡菜，好像吃不饱似的。他想来想去要找一句话开个头，最后，喝了一大口茶，咳了声嗽，说："好像还要下呢。"

她装做很感兴趣。"当真吗？你想这要耽搁细娜的归程吗？"她这句话才问出口，脸涨得飞红，把才端起来的茶盅又匆匆放下。

伊坦又夹了一块泡菜。"难说，这个节季儿；考白里场的风势大，雪不定有多深。"这个名字又把他冻住了，他重新又觉得细娜就在屋子里，坐在他们中间。

"唷，猫咪儿，你太馋了！"玛提叫了出来。

原来那个猫儿乘他们不留心，已经不声不响地从细娜的椅子里爬上了桌子，正在偷偷儿地朝着牛乳壶拉长它的身子。牛乳壶在伊坦和玛提的中间，两个人同时探身向前，两只手在壶把儿上碰着。玛提的手在下，伊坦把它握住，没有立刻就放。那个猫儿利用这不寻常的表演，想偷偷地溜下去；它一步步往后退，一下子碰上了泡菜盘，哗啦一声摔在地下。

玛提立刻从椅子上跳起，跪在碎片旁边。

"哎哟，伊坦，伊坦——打得粉碎了！让细娜看见了又不知道要说些什么？"

但是这一回伊坦的勇气来了。"她有什么话，说给猫儿听去！"他笑了一声回答她，一边儿跪在玛提旁边把湿淋淋的泡菜捞起。

她抬起惊惶的两眼来望着他。"话是不错，可是你该知道，她从来没有打算拿出来用过，有客的日子也不拿出来；她把它和她的最心疼的东西一块儿藏在瓷器柜的顶上一格，我蹬在凳梯上才把它拿了下来，她当然要问我为什么要拿它——"

这件事情太严重了，把伊坦的潜伏着的决心全都唤了出来。

"只要你不言语，她不会知道。我明天去买个一模一样的。这是哪儿买的？哪怕是沙德福尔我也去买了来！"

"唉，沙德福尔也买不来的啊！这是个送嫁的礼物——你忘啦？它的来路远着呢，是细娜的费拉得尔菲亚城的姑妈送的，就是嫁给牧师的那个。所以细娜才舍不得拿出来用。唉，伊坦，伊坦，叫我怎么办呢？"

她哭了起来，他觉得她的一颗颗眼泪都像烧化了的铅一般倒在他的身上。"别哭，玛特，你别——唉，你别！"他哀求她。

她挣扎着站了起来，把碎玻璃片铺在厨台上，他耷拉着两只手跟在她背后。他觉得他们的一个黄昏打得粉碎，陈列在那儿。

"来，拿来给我。"他的声音里头有了突如其来的一股劲。

她往旁边让开，本能地服从他的语调。"喔，伊坦，你打算怎么样？"

他也不回答她的话，只顾把碎片收齐在他的阔大的手掌里，走出厨房，到了过道里。他点着了半截子蜡烛，打开瓷器柜的门，伸出他的长胳膊，刚够得着顶高的一格，把那些碎片拼在一块儿，拼得那么准，他仔细看过，站在地下朝上看再也看不出已经打碎。若是他明天把它用胶水胶上，不定过几个月他的女人才会发觉，在这个期间他也许能在沙德福尔或是贝茨伯里奇配着一个同样的。

已经放心没有立刻败露的危险，他轻轻快快地走回厨房，看见玛提在那儿垂头丧气地拾掇地板上剩下的泡菜粒屑。

"没事了，玛提。来把晚饭吃了。"他命令她。

她见他放心她也放下了心，泪眼里头又露出了喜色；他看见自己的语调完全把她镇住，也得意非常。她连他怎么处理的也不问他。他的胜利之感只有把一根大木头滚下山滚到他的锯木坊里去的时候可以相比。

第五章

吃过了晚饭，玛提在厨房里收拾锅碗，伊坦出去看看乳牛，又在四处绕了一转。田野黑黝黝的躺在黯淡的天空之下，没有风，异常寂静，时而听见林场边上的树上的雪块落在地下的声音。

他回到厨房里，玛提已经把他的椅子推到火炉跟前，她自己坐在灯光底下，手上做着针线。宛然是他晌午时候所梦想的情景。他坐下来，从口袋里掏出他的烟斗，伸直了两只脚烤火。在冷空气里头辛苦了一天之后，他这会儿觉得有点懒洋洋又有点轻飘飘，又觉得仿佛是到了另外一个世界，那儿一切都是温暖和谐，时间也不产生变化。他的极乐世界只有一个缺点，从他坐着的地方他看不见玛提的脸；但是他懒懒地不想动，过了一会儿他说："这儿火炉旁边儿来坐。"

细娜的空的摇椅就在他的对面。玛提依了他的话站起身来，在摇椅里坐下。当他看见她的年轻的棕色的脑袋出现在那一向衬托他女人的狰狞面貌的靠枕之上的时候，伊坦骤然一惊。好像是另外那个脸，那个让了位的女人的脸，依然涌现，把新来的那个盖在底下。过了一会儿玛提好像也同样地感觉拘束。她换了一个姿势，把上身往前一探，低下头来做针线，他只看见她的鼻尖和头发里头的一缕红色；又过了一会儿，她轻轻地站起身来，说："这儿看不见做活。"又回到她的灯底下的椅子里去。

伊坦借口起来加柴，再坐下去的时候把椅子挪了挪，可以看见她半边儿的脸和灯光照着的一双手。那个猫儿一直莫名其妙地在旁边看着这些和平常不同的行动，这个时候一跳跳下细娜的椅子，缩成一团，躺在那儿眯暧着眼睛看定了这两个人。

屋子里头静极了。厨台上头的钟滴答滴答，炉子里时而有一块烧枯了的柴落下，牻牛儿①的清香混合着伊坦的烟草香味，烟斗里出来的烟在灯的四周笼上一团青雾，在阴暗的屋角挂上些个灰白的蛛网。

两个人中间的一切拘束消失了，他们开始自在而平淡地说起话来。他们谈说家长里短，谈到要不要下雪，谈到下一次的教堂里的交谊会，谈到斯塔克菲尔的恋爱和吵闹。他们说话的家常性质使伊坦生出一种错觉——这是热情的表白反而产生不出的——觉得两个人这样熟识已有多年；他就顺势幻想起来，幻想他们一向都是这样消磨他们的黄昏，以后也天天都是这样……

"今儿个晚上是本来说了要去滑雪的啊，玛特。"他说，说话的语气暗含着今天不去随便哪天都成，因为往后的日子

---

① 即天竺葵。——编者

长着呢。

她朝他笑了笑。"我怕是你忘了！"

"没有，我倒没忘；只是外头漆黑的。明儿个要是有月亮，明儿个去也成。"

她笑了，很快活，头向后仰，灯光照得她的嘴唇和牙齿发亮。"那一定是挺有趣的，伊坦！"

他目不转睛地瞅着她，惊叹她的脸上一句话换一种表情，像夏天的清风底下的麦田。他发现自己的笨嘴拙舌居然能有这种魔力，不由自主地醉了；他要找些个新的途径来使用他的魔力。

"像这样的黑夜跟我走下考白里路去，你怕不怕？"他问她。

她的脸上又红了些个。"你不怕我也不怕！"

"我怕；我不敢。那棵大榆树那儿不是个好地方。谁要是不睁大了眼，准得撞个满怀。"他的话里头暗示他能保护，他有权威，他很得意。为了延长并且加强这种得意之感，他又找补了一句："我看咱们还是待在这儿的好。"

她慢慢地把眼皮儿挂下来，正是他最爱看的那个样儿。"对了，咱们待在这儿的好。"她叹了一口气。

她的语调柔和极了，他不禁把烟斗从嘴里取下，把椅子挪到桌子旁边。他探着身子，拿手一碰她在滚着边儿的一块棕色呢布的犄角儿。"嗨，玛特，"他带笑说，"你猜我今儿个回家的路上，在华努谟家门口的枞树底下看见什么来着？我看见你的一个朋友让人家亲了个嘴。"

这句话在他舌尖上滚了已经老半天，可是这会儿一说出口他立刻觉得粗俗不堪，而且不合时宜。

玛提的脸涨得飞红，很快地做了两三针，不知不觉地把那块布的犄角儿从他跟前拉过来一点。"我想是路德和纳德。"她低声说，好像是因为他忽然触及了一个严重的题目。

伊坦原来以为这句话可以打开一条路，说些个笑话，渐渐由玩笑再进一步可以无伤大雅地亲热一下，哪怕只是亲一下手儿也好。但是他现在觉得她的羞颜好像在她身边筑起了一道火焰墙。他想，这是因为他生来腼腆，所以才有这种感觉。他知道在大多数年轻人，和一个漂亮女孩子亲个嘴是不当做一回事的。他又想起昨天晚上他拿胳膊拢住玛提的腰，她也没有拒绝。然而那是在户外，在空旷的黑夜。这会儿在温暖的有灯亮的屋子里头，自古以来的伦常和规矩好像都摆在这儿，她变成辽远而不可接近。

为了松一松他的拘束，他说："我想他们就要选日子了。"

"是的。说不定就在今年夏天就要结婚也未可知呢。"她说到"结婚"这两个字好像很玩味了一下。好像这是个通往神仙境界的曲径。伊坦心里一酸，扭转身背朝她说："下一回就轮到你也未可知呢。"

她笑了，有点勉强似的。"你为什么尽着说这个呢？"

他也回她一笑。"早点儿习练练省得临时不惯哪。"

他又回过身去朝着桌子。她不言语，睫毛低垂，只顾做她的针线；他坐在旁边看她两只手在那块布上一上一下，正如他有一次看见过的一对鸟儿造一个窝儿，一上一下的飞，看得不觉出神。又过了好一会儿，她也不回头也不抬眼轻轻地说："你说这个话别是因为你知道细娜有什么跟我过不去的意思吧？"

他的原先的恐惧让她这一提又跳了出来。"怎么着？你这是什么意思？"他结结巴巴地说。

她抬起一双苦恼的眼睛对他看，手上的针线落在他们中间的桌子上。"我不知道。我疑心她昨天晚上有这种意思。"

"我倒要问她个为什么。"他愤愤地说。

"细娜的事情难说。"这是他们头一回公然讨论她对玛提的态度；她的名字好像一直播送到屋子的四角又重波叠浪地回到他们身边。玛提等了一会儿，好像要让这个回声慢慢地落下去，这才接着说："她没有对你说什么吧？"

他摇摇头。"没有，一句也没有。"

她一笑把额角上的头发抖回去。"那么是我神经过敏。我再不去想它了。"

"喔，不——咱们不去想它，玛特！"

他的突然热烈的语调使她又红起脸来，不是一下子涨红，是渐渐地，迟迟地，像是一个思想慢慢地走过她的心头。她坐着不做声，她的手抓住了她的针线，他觉得一股热潮顺着那还横在他们中间的那块布片流向他身边。轻轻地，他把他的手心朝下顺着桌子滑过去，直到他的指头尖碰着了那块布。她的眼睫毛微微地一颤动表示她觉察了他的姿势，并且有一股回流流回到她身边；她让她的手放在布块的那一头上，一动不动。

他们正在这样坐着，他听见背后有声音，回过头来。原来是猫儿跳下细娜的椅子去追护壁板里的一个耗子，这个骤然的动作把那个椅子弄得有鬼似的摇起来。

"明天这个时候她本人要在这个椅子里摇晃了，"伊坦自己想，"目前的一切都是梦，今天是我们两个相聚的唯一的一个黄昏。"从梦境回到现实和上了麻药醒过来一样的痛苦。他的身心都因为说不出的疲倦而酸疼，他想不出说个什么或做个什么可以拦住光阴的飞驰。

他的情绪的变化似乎传达到玛提。她怅然地望他一眼，好像她的眼皮已经重沉沉地要她很费了点劲才抬得起来。她的眼睛落在他的手上，那只手已经完全盖住她的布片的一头，紧紧地抓住它好像它是她的一部分。他看见一个几乎不能觉察的颤动在她脸上掠过；他自己也不知道怎么着，低下头来把他手里的布片亲了亲。他的嘴唇还在布片上头的时候，他感觉它慢慢地从底下溜了过去；他看见玛提已经站起身来不声不响地把它卷起来。她拿一根别针把它别住，又找着了她的针箍儿和剪子，连布片一块儿放在他有一天从贝茨伯里奇带回来送给她的一个花纸裱糊的小箱子里头。

他也站了起来，惘惘然的四处看看。厨台上的钟打了十一点。

"这个火怎么样？"她低声问他。

他打开火炉的门，无目的地抖搂那里头的余烬。再站起来的时候，他看见她把猫儿睡的铺毡的旧肥皂箱拉了过来。她回身又走过去抱起两个牦牛儿花盆把它们从太冷的窗口移开。他跟在她后头，把剩下的几盆牦牛儿，一个破蛋糕碗里的风信子球根，和缠在一个旧针线绷子上的常春藤也都拿开。

这些夜间的工作完毕之后，没有别的，只有到过道里去把锡的烛台拿进来，把蜡烛点着了，把灯吹熄。伊坦把烛台递给玛提，她走在他头里出了厨房，照在她前面的烛光使她的暗黑的头发看起来像遮在月亮上的一片云。

当她踏上楼梯的头一级的时候，他说："晚安，玛特。"

她回过头来看他一看。"晚安，伊坦。"她回答他一声，上楼去了。

她的房门关上了，他才想起他连她的手也没有碰着。

第六章

　　第二天吃早饭的时候有约坦·包威尔在座，伊坦竭力隐藏他的快活，装做淡然漠然，靠在椅背上扔面包屑儿逗猫儿，"呃"啊"哼"的埋怨两声天气，玛提起身收拾桌子的时候也不站起来动动手帮她点儿忙。

　　他自己也不知道他为什么这样无理由地快活，他的或她的生活里头并没有丝毫变动。他连她的指头尖儿也没有碰一下，连正眼也没有看她一下。但是这一个黄昏已经让他看见，他若是和她在一块儿过日子，这个日子是怎么个味道；他现在很高兴，他没有做出什么事情扰乱这幅甜美的图画。他有点觉得她也知道他为什么不……

　　他还有最后一批木头得运到镇上去，约坦·包威尔——他冬天不在伊坦家做长工——特地来帮他了结这个工作。夜里又下了雪，但是随下随化，后来竟变了夹雨夹雪，把路弄得滑溜溜的像玻璃。空气里头还是很有湿意，两个人都觉得晚半晌的天气也许要暖和下来，路上能平稳点。因此伊坦提议，跟昨天一样，上午把木头装好，下午再往镇上送。这个计划对于他还有一个好处，午饭后他可以打发约坦到考白里场去接细诺比亚，他自己把木料运到镇上去。

他叫约坦出去把那对灰色马套上，一时间厨房里只有他和玛提两个。她已经把早饭碗碟浸在洗碗的锡锅里，露出半截子纤细的胳膊在那儿洗碗，热水里头上来的热气在她的额角上凝成些个露珠，把她的蓬松的头发结成些个小圈儿，像铁线莲的卷须。

伊坦站在那儿看她，他的心跳到喉咙口儿。他想说："咱们再也不能这么两个人儿一块儿了。"但是他没有说这句话，却在厨台的上头一个格子里把烟荷包拿下，放在口袋里，说："我想我能赶回来吃午饭。"

她说："好的，伊坦。"他走出去的时候听见她一边儿洗碗一边儿唱歌。

他原来打算，把木头装上就打发约坦回到庄上，自己赶到镇上去买粘泡菜盘子的胶水。他的运气稍微好一点，这个计划本来不难实现；但是一起头事情就糟。还没有走到林场，半路上就有一匹马在一块冰上滑倒，把腿割破；两个人把它抬了起来之后，约坦不得不跑回马房去找块破布来给它裹伤。到了起头儿装木头的时候儿，又夹雪夹雨的落了起来，木头皮子滑得不得了，费了比平常加倍的时间才能把它们抬起来安放在车子上。这是约坦嘴里所谓做活的黑道日，那两匹马在湿透了的毡衣之下打着哆嗦跺着脚，好像也和人一样的不喜欢这个活儿。木头装了已经过了午饭时候好久，伊坦不得不放弃镇上去的打算，他要把受伤的马牵回家去亲自给它洗伤。

他想，一吃了饭就运木料，赶紧买了胶水回来，也许能赶在约坦和细诺比亚的头里先到家；但是他也知道这个机会是微乎其微的。完全要看到镇上去的路好走不好走，贝茨伯里奇来的火车脱班不脱班。过后他想起当时如何盘算这种种机数，看得重要得不得了，不禁惨然失笑。

　　一放下午饭碗，他立刻又赶紧跑到林场，简直不敢逗留一下让约坦先走。约坦还在火炉跟前烤他的湿淋淋的脚，伊坦只能匆匆地望玛提一眼，在喉咙底下说：“我要赶早回来。”

　　他仿佛觉得她点了点头；凭着这一点点安慰，他又冒雨而去。

　　他的木料车才走到半路上，约坦·包威尔就追上了他，赶着那退退缩缩的老栗马往考白里场去。“我得赶快点呢。”伊坦心里想，他的车子正在走下学堂山前的坡儿。卸货的时候他像是一个人做十个人的活，卸完了就赶到迈克尔·伊迪铺子里去买胶水。伊迪和他的伙计都“出街”去了，年轻的邓尼斯向来不屑做他们的替工，这会儿正在和斯塔克菲尔的一班少年子弟在火炉边闲谈。他们含讥带笑地跟伊坦打招呼，邀他一同作乐；但是没有一个知道胶水在哪儿。伊坦急于要赶回去和玛提做最后一刻的相聚，心里着急得要命，可是只能逗留在那儿等邓尼斯在铺子里的背旮旯里有气没力地搜索。

　　“看样子是卖完了。要是你肯在这儿略等一等，老头儿回来也许能找点儿出来。”

　　“谢谢，我想到荷曼太太铺子里去试试看。”伊坦回答他，一边儿抬腿就走，一刻也不能再等了。

邓尼斯的商业本能逼得他赌咒说伊迪铺子里拿不出来的东西荷曼寡妇铺子里也不会有；但是伊坦不理他这一套，早已爬上了他的雪车赶往另外那家铺子去。到了那儿，荷曼太太找了半天，问他做什么用处，又问他若是找不着胶水，面粉浆糊是不是可以对付，这才在一堆咳嗽糖片和挑花束胸里头找着了硕果仅存的一瓶胶水。

当他的灰色马回头向回家的路上去的时候，她追在后头说："希望细娜没有打碎什么心爱的东西。"

下一阵停一阵的雪夹雨已经变成下着不停的雨，那两匹马虽然不拉重载也走得很费劲。有一两次，听见车铃响，伊坦回过头来看，生怕细娜和约坦赶上了他；但是看不见那匹老栗马，他也就咬紧牙淋着雨催马向前。

他把车赶进马房的时候，马房是空的；匆匆把马料理下来以后，他就迈步走到厨房门口，把门推开。

玛提一个人在厨房里，正如他所预料。她弯下身子在火炉上锅子里做菜；听见他的脚步声，她吃惊似的回转身来跑到他跟前。

"嗨，玛特，你看，我找着了修补那个盘子的东西了！让我快点儿把它补了。"他大声说，一只手挥舞那个瓶子，一只手轻轻把她推开；但是她好像没有听见他的话。

"唉，伊坦——细娜回来了。"她悄悄地说，一只手抓紧了他的袖子。

他们站在那儿你看着我我看着你，面如死灰，像一对犯了罪的人。

　　"可是老栗马不在马房里呀！"伊坦结结巴巴地说。

　　"约坦·包威尔在考白里场带了点货来给他女人，直接赶车回去了。"她解释给他听。

　　他茫然地在厨房里四面看看，在下着雨的冬天的薄暮，这间屋子显得阴冷而肮脏。

　　"她怎么样？"他把声音放得和玛提一般低，悄悄地问她。

　　她避开他的眼睛，迟疑地看着别处。"我不知道。她回家就上楼去了。"

　　"没有说什么？"

　　"没有。"

　　伊坦低低地吹着胡哨吐出他的疑虑，把胶水瓶子塞进口袋。"不必着急，我夜里起来把它补好就是了。"他说。他又把淋湿了的外套穿上，回到马房里去喂料。

　　他还在马房里，约坦·包威尔赶了那辆雪车来了。大家把马料理好了之后，伊坦对他说："你进来吃点儿什么吧。"他乐意晚饭桌上有个约坦打个岔儿，因为细娜出门回来总是有点"神经"。可是这个雇工，虽然他平常难得拒绝不包括在工价之内的一餐饭，这会儿可张开他的木强的嘴慢慢地回答："多谢你，只是我想还是就回去的好。"

　　伊坦颇为惊异地看着他。"还是进来烤烤火吧。好像今天的晚饭还有点儿热菜吃呢。"

约坦脸上的肌肉不受这个提议的感动；他肚子里的字眼儿不多，所以还是那句"我想还是回去的好"。

在伊坦看来，他这么坚决地拒绝不花钱的饮食和温暖，这里头有点不祥的预兆；不知道在路上出了什么岔子，叫约坦这样急急求去。也许是细娜没遇见那个新来的大夫，或是那个大夫说的话不中听：伊坦知道，若是有这类情形，她第一个碰见谁就会跟谁生气。

他再走进厨房的时候，已经点上灯，屋子里干净而舒适，和昨天晚上一样。桌子上铺设得和昨天一样的用心，炉子里的火生得旺旺的，猫儿躺在跟前取暖，玛提手上托着一盘油炸饼走过来。

她和伊坦默然地相视；于是，跟昨天一样，她说："我看是吃饭的时候了。"

第七章

伊坦走到过道里去，把湿衣湿帽挂起。他听了听，没听见细娜的脚步声音，就站在楼梯口叫了一声。她不回答，他迟疑了一下，走上楼去，推开房门。屋子里头差不多已经全黑，他在阴暗中看见她直挺挺地坐在窗口；从投射在窗玻璃上的有棱有角的轮廓上，他知道她还没有换下出门的衣帽。"喂，细娜。"他站在门口叫一声试试。

她不动；他接下去说："晚饭好了。下去吧！"

她回答说："我觉得一点儿也吃不下。"

这是个历有年所的公式，他预料她跟往常一样，念完了这个公式就起身下楼吃饭。但是她坐着不动，他也想不出什么更能讨好的话，只说了句："你怕是在路上辛苦了。"

她听了这个话，把头扭过来，郑重地回答："我的病不如你设想的那么轻省。"

她的话落在他耳朵里，引起他一种特异的惊奇之感。他常常听见她说这个话——别是弄假成真了吧，现在？

他走上前去一两步。"我希望不至于这么严重，细娜。"他说。

她继续在暮色之中看定了他，带着一种黯淡的威严，像是一个被造物有意指派了担当大难的人。"我是个'杂症'。"她说。

　　伊坦知道这是个异常严重的字眼儿。邻近这一带差不多个个人都有"毛病"，说得出病在何处，怎么个样儿；但是只有少数不凡的人才有"杂症"。"杂症"能抬高你的身份，虽然往往也就是阎罗王的请帖。许多人有了"毛病"可以带病延年一年年混下去，可是一有了"杂症"十有八九就完了。

　　伊坦的心摇摆在两种极端的感情之间，暂时间是怜悯之情得胜。他的女人坐在黑地里想着这些个心事，是有点儿凄凉。

　　"这是那个新大夫跟你说的吗？"他问她，本能地放低了声音。

　　"是啊。他说的，只要是个正式的医生，都会告诉我这个病非开刀不可。"

　　伊坦知道，关于施行手术这个问题，这个地方的女人们的意见显然分成两派，有人贪图开刀后的人人钦仰，也有人嫌这个不雅，避之如不及。伊坦，由于经济的动机，一向自己庆幸细娜是属于第二派的。

　　在她的宣告的严重性所引起的不安之中，他寻找一个安慰的捷径。"说是这么说，可是你知道这位大夫的本领怎么样？一向以来谁也没说过这个话呀。"

　　她没有张嘴作答。他已经知道话说错了：她需要的是怜悯，不是安慰。

"我不用别人告诉我一天不如一天。除了你，谁都看得出。要讲布克大夫，贝茨伯里奇那儿个个人都知道他有本事。他的医室设在乌司特，半个月来沙德福尔和贝茨伯里奇应诊一次。伊丽莎·斯比亚士的肾脏病闹得躺着等死，让他瞧了几次，现在是有蹦有跳，还加入圣诗队唱诗了呢。"

"很好，但愿是位好大夫。你倒务必要听他的话才好。"伊坦同情地回答。

她还是看着他。"我是打算这样。"她说。他忽然感觉她的声音里头有了一个和往常不同的调子。既不是委屈，也不是埋怨，是干干脆脆的决心。

"他要你怎么样呢？"他问她，心里盘算着又不知要花多少钱。

"他要我雇一个女工。他说家里一件事情也不能要我动手，一件事情也不能要我操心。"

"雇一个女工？"伊坦站在那儿呆住了。

"对的。马大婶娘当时就给我找了一个。人人都说我的运气好，能找着一个女孩子肯上这个背旮旯里来。我应许多给她一块钱，免得她中途变卦。她明天下午就到了。"

伊坦是又愤恨又着急。他料到她要立刻要钱，可没有想到她要在他的有限的收入里打开这么个长期的漏洞。他不信细娜刚才说的症候厉害那些话了：他觉得她这回上贝茨伯里奇去是和她的娘家人去捣鬼，变着法儿要他出钱雇个人。暂时间，愤恨甚于着急。

"你要是打算雇女工，你该在动身之前先跟我说明啊！"他说。

　　"我动身之前怎么能告诉你呢？我怎么知道布克大夫要我怎么样呢？"

　　"哦，布克大夫——"伊坦的不肯相信从短促的一个笑声里溜了出来，"布克大夫他跟你说我拿什么钱付他的工钱没有？"

　　她的声音跟着他的声音高了起来。"没有，他没有说。因为我没有脸告诉他你舍不得拿两个钱出来赎我的健康，虽然我牺牲我的健康服侍你的亲娘。"

　　"你牺牲你的健康服侍妈？"

　　"可不是？那个时候我家的人都说是你怎么样也不能不娶我——"

　　"细娜！"

　　在隐藏了他们的脸色的黑暗之中，两个人的思想互相射击，像毒蛇吐舌。伊坦深深感觉这一幕的丑恶，感觉自己参加这一幕的可耻。这和两个仇人黑地里拳打脚踢一样的无聊，一样的凶恶。

　　他转身向烟囱的上头的木板上摸着了火柴，把屋子里那支蜡烛点着了。起头儿，微弱的烛光冲不散黑影；过了一会儿，那已经由灰而黑的玻璃窗上衬出细娜的冷酷的脸。

　　这是这一对夫妻在他们的可悲的共同生活的七年之中第一次破脸，伊坦觉得这一下恶声相报，已经落了下风，失去了一个永远收不回的优势。但是实际的问题摆在面前，不容你不理。

"你知道我没有钱雇女工，细娜。只好叫她回去：我办不了。"

"大夫说，我要是还是这么着做牛做马下去，准没有活命。他说，他不知道我怎么能支撑了这么些个年月。"

"做牛做马！——"他赶紧缩住，"既然大夫有这个话，我能让你不动一个指头儿。家里的事我自己来做——"

细娜打断他的话："得了，地里已经够马虎的了。"这倒是句实话，伊坦也没有话说，她顿了顿又语带讥讽地找补一句："倒不如把我送到救济院里去，万事大吉……反正弗洛美家里我也不是头一个。"

这句话伤透了他的心，但是他不去计较。"我没有钱说什么也是枉然。"

两个人的斗争停了片刻，仿佛各自在检验自己的武器。然后细娜平静地说："我记得安特鲁·郝尔要付你五十块木料钱。"

"安特鲁·郝尔向来是三个月之后付钱。"他话才出口就想起昨天曾经拿这个做借口不送他女人上车站；他的脸红到那拧紧了的眉毛。

"怎么着？你昨天不是说已经跟他说好了现付的吗？你说是为了这个才不能送我上考白里场去的啊！"

伊坦没有欺骗的技巧。他从来没有让人捉出一个谎，他现在不知道怎么样躲闪。"那是个误会。"他结结巴巴地说。

"这笔钱你没有拿到？"

"没有。"

"你也不打算去要？"

"不打算去。"

"好。我雇那个女孩子的时候不知道啊，是不是？"

"是。"他顿了一顿，约束他的声音。"可是这会儿你知道了。我很抱歉，可是没有法子。你是个穷人的女人，细娜；只要是我能替得你的，我没有不尽力的。"

她坐着不动有一会儿，好像在思索，她的两臂平伸在她的椅子的扶手上，她的眼睛呆望着虚空。"喔，我想还是有办法。"她温和地说。

她的语调的变换让他放下了心。"当然有办法！有好些个事情我可以替你做，还有玛提——"

他说话的时候，细娜好像在那儿演算着繁复的算题。她得了个答数出来："反正玛提的饭食省下了——"

伊坦，满算着这一场讨论已经了结，已经转过身下楼去吃饭。他收住脚，还不很了然耳朵里的话是什么意思。"玛提的饭食省下——？"他说。

细娜哈哈地笑了起来。这是个异常特别而生疏的声音——他想不起多早晚曾经听见她笑过。"你打量我要用两个女工不成？怪不得你要吓坏了！"

他对于她的话里头的话还是有点模模糊糊。他打头就本能地避免提起玛提的名字，他怕，怕什么他也不知道：指摘，埋怨，或是关于她就要嫁的影子话。但是他没有想到她要和她决裂，直到此刻还是没摸着她的意思。

"我不懂你是什么意思，"他说，"玛提·息尔味不是雇工。她是你的亲戚呀。"

"她是个小叫花子，他的父亲拐了我们大家的钱，这会儿她又赖在我们身上。我养了她整整一年，也该别人来轮一番了。"

细娜射出这些刺耳的话来的时候，伊坦听见敲门的声音；他打门口回身进来的时候把它关上了。

"伊坦——细娜！"楼梯头上送进来玛提的轻快的声音，"你们知道什么时候了？晚饭摆在桌子上半个钟头了。"

屋子里头有一会儿静默；然后细娜还是坐在她椅子上大声说："我不下来吃饭了。"

"喔，对不起，闹了你。你有点不舒服吗？拿点什么吃的上来好不好？"

伊坦费劲似的抬起步来，过去把门打开。"你下去吧，玛特，细娜有点累。我就下来了。"

他听见她说"是了！"听见她下楼的声音；然后他又把门关上，回过身来。他的女人的姿势没有变动，她的脸冷若冰霜，他忽然感觉束手无策。

"你不是当真，啊，细娜？"

"不当真什么？"她闭紧了嘴说。

"叫玛提走路——这个样儿？"

"我说过养她一辈子的吗？"

他说下去，越说声音越大："你不能像撵小偷儿似的把她撵走——一个无依无靠又没有钱的女孩子。她出心出力给你做事，她没有别的地方可去。你也许忘得了她是你的亲戚，别人可忘不了。你要做出这种事情来，你知道人家要说你怎么样？"

细娜等了等，好像要让他慢慢地觉察她的镇静和他自己的急躁恰恰相反。然后她还是用她的平静的声调回答："我很知道我养她到如今，人家的感想是怎么样。"

伊坦的手从房门的把手上落下来，自从他交待玛提下去以后他带上房门就紧紧攥住了把手没放开。他的女人的回答像一把刀子横横地割过他的筋脉，他突然感觉浑身绵软。他本来打算低声下气求细娜，跟她说玛提的饮食究竟也花不了多少钱，跟她说他可以想个法子买一个火炉在阁楼上给新来的女孩子安排一个睡处——但是细娜的话显示了这番说辞的危险。

"你打算跟她说她非走不可——非马上走不可？"他吞吞吐吐地说出来，生怕让他的女人把她的话说完。

好像努力让他明白其中的道理似的，她不慌不忙地说："那个女孩子明天从贝茨伯里奇来，你想，得有个地方让她睡不是？"

伊坦厌恶似的看她一眼。她不复是那个没精打采的女人，终年怏怏不乐自怜自悯地生活在他的旁边；她成了个神秘不测的怪物，多年的沉思默想里头分泌出来的一股毒气。他的无可奈何之感加强了他的憎恨。细娜这个人本来是不能动之以情的；但是在他能不理她能制服她的时候，他倒也淡然漠然。现在，她制服了他，他不禁不由地厌恶起来。玛提是她的亲戚，不是他的：他没有法子强迫她收留这个孩子。他的坎坷半生，他的葬送在失败、困苦、徒劳之中的青春，这一切的烦恼陡然在他心里恨恨地直涌而出，在他面前化成一个形象，一个步步拦住他去路的女人。她已经剥夺了他的一切别的东西；现在她又要剥夺那足以补偿一切的唯一的东西。有一刹那，一股憎恨的火从他心头烧起，流下了他的手臂，握紧了他的拳头。他猛然向前迈了一步，又忽然收住。

"你——你不下去了？"他昏昏惑惑地问。

"不。我想在床上躺一会儿。"她温和地回答；他转过身来走出屋子。

玛提坐在炉子跟前，猫儿蜷缩在她的膝上。伊坦走进来，她立刻站起，把加了盖的一盘牛肉烘饼拿到饭桌上。

"细娜没病倒吧？"她问。

"没有。"

她隔着桌子笑脸相迎。"那么，快点儿坐下吧。你该饿了。"她揭开盖子，把烘饼盘子朝他这边推了过来。原来他们还可以再有一个黄昏两人相聚！她的一双快乐的眼睛好像在说。

他机械地夹了一份饼，吃了一口；忽然喉咙里一阵恶心，又把食叉放了下来。

玛提的脉脉双眼没有离开一下他的脸，她看见他的一举一动。

"怎么了，伊坦？味道不好吗？"

"好——味道好得很。只是我——"他把盘子推开，站起身来，绕过桌子走到她身边。她吓了一跳，也站了起来。

"伊坦，一定有什么事儿！我早知道要有事儿！"

她吓得好像要瘫化在他身上，他一把把她抱住，紧紧地抱住不放，感觉她的睫毛扑打他的脸，像落在网里的蝴蝶。

"什么事儿——什么事儿？"她结结巴巴地问；但是他终于找着了她的嘴唇，冥然忘却一切，只沉醉在它们给他的快乐里。

她留连了一会儿，她也卷入了那同一股急流；这以后，她轻轻地从他怀里溜开，退回一两步，脸上惊惶失色。她的形容刺他的心，叫他悔恨，他叫了出来，好像做梦看见她落在水里要淹死似的："你不能去呀，玛特！我不能让你去呀！"

"去——去？"她结结巴巴地说。"要我去？"

这些个字的余音在他们两个中间缭绕不散，好像一个报警的火把在黑夜里从这个人手上传给那个人似的。

伊坦后悔自己的鲁莽，不该这样突兀地说出这个消息。他的头发晕，他不得不扶住桌子。同时，他感觉他好像还在亲她的嘴，而又渴想她的嘴唇渴得要死。

"伊坦，到底是什么事儿？细娜跟我生气，是不是？"

她哭了，他这才镇静下来，虽然同时加深了他的愤怒和怜悯。"不是，不是，"他让她放心，"不是这个。是那个新大夫把她吓唬坏了。你知道的，她碰见一个新的医生总归信他的话。这个新医生跟她说，她的病要好，除非整天躺在床上，家里的事一样不管——至少得躺上一年半载——"

他停住了，他的眼睛苦恼地躲开她。她站在他面前低头不语，像一根折断的嫩树枝。她是那么纤小而柔弱，他心里绞一样的痛；但是她突然抬起头来正对着他。"她要找一个比我能干的人来代替我？是不是？"

"她今晚是这么说来着。"

"她若是今晚这么说，明天也一定是这么说。"

两个人都低头于顽强的事实之前：他们知道细娜从来不改变她的意见，她决意做个什么，就等于那件事情已经完成。

两个人好久好久不说话；后来玛提悄悄地说："别太伤心，伊坦。"

"唉，上帝——唉，上帝。"他哼了两声。他对于她的白热的热爱已经化成酸痛的柔情。他看见她的敏捷的眼皮把她的泪珠打回去，他恨不得把她抱过来抚慰一番。

"你把你的晚饭冷却了。"她勉强装出一点笑意来劝戒他。

"唉，玛特——玛特——你到哪儿去呢？"

她耷拉着眼皮，脸上一阵哆嗦。他知道她这是头一回认真想到她的前途。"也许能在斯丹福找个什么事儿。"她吞吞吐吐地说，好像知道他知道她没有希望。

他在自己的椅子上坐了下去，两只手把脸蒙住。想起她一个人出去重新登上找工作的艰辛的程途，觉得万念俱灰。在这个唯一熟识她的地方，她还是包围在冷淡或憎恶之中；在大城市的千千万万找饭吃的人里头，她，既无经验又无训练的她，能有什么指望？他想起了在乌司特听见的可悲的故事，记起了和玛提同样的有过快乐的童年的那些个女孩子的脸……他想到这些事情，不由他的整个儿的身心不起来反抗。他突然跳了起来。

"你不能去，玛特！我不让你去！一向都是我顺着她，可是这一回我要她顺着我——"

玛提急急把手一抬，他听见他的女人的脚步在他的背后。

细娜一步一拖地走进屋子，悄悄地在他们两个之间的她的往常的座位上坐了下来。

"我觉得好了一点，布克大夫说我能吃的时候务必要吃，即使胃口不好也得勉强吃点，才养得住精神。"她用她的没有高低的带哭声的调子说，一边伸手从玛提面前把茶壶拿过去。她的"出门"衣服已经换上那套天天穿的黑棉布袍子和棕色毛线披巾；同时她也换上了往常的脸色和姿态。她倒了一杯茶，加了很多牛乳，照往常一样地装上她的假牙，然后开始吃喝。猫儿逢迎似的在她脚上摩擦，她说声"好猫咪"，弯下半身去摸摸它，从她盘子里拣了一块碎肉去喂它。

伊坦坐在那儿不言不语，也不装做吃喝，但是玛提勇敢地一口一口慢慢吃，还问问细娜一路上的这个那个。细娜用她日常的声调回答她，说得高兴起来，又有声有色地形容一番她的亲戚朋友们的肠病胃病。她说话的时候对正了玛提看，影影绰绰的微笑加深了她的鼻子和下巴之间的两道垂直线。

吃过了晚饭，她站起来一只手按住她的胸口，说："玛特，你做的烘饼总是叫人吃得有点儿胀得慌。"她这句话不含恶意。她难得缩短玛提的名字。她叫玛特是喜欢她的表示。

"我很想去把我去年在斯普令菲尔买来的胃气散找出来，"她接下去说，"我多久没有吃它了，也许吃点儿能让心口儿松动松动。"

玛提抬起了她的眼睛。"我去给你拿来吧？"她大胆试一试看。

"不。你不知道在哪儿。"细娜藏头露尾地说，同时神秘莫测地望了他们一眼。

她走出厨房，玛提也站起身来收拾碗碟。她走过伊坦椅子边，两个人的眼睛碰着了，依依不舍。厨房里和昨天一样的温暖，一样的宁静。猫儿已经跳上了细娜的摇椅，炉火的热气开始引出牻牛儿的清香。伊坦疲累不堪地慢慢站起来。

"我出去看看。"他说，同时举步往过道里去拿他的提灯。

他才走到厨房门口，就碰见细娜回来，她的嘴唇气得直哆嗦，淡黄的脸涨得绯红。披巾从肩膀上滑下，拖在她脚跟后，她的手里托着那红玻璃泡菜盘的碎片。

"我倒要问问这是谁的事儿。"她说，她的眼睛悍然地从伊坦看到玛提，又从玛提看到伊坦。

没有回答。她接着又颤颤抖抖地说："我去拿药粉——药粉在父亲的旧眼镜套子里，眼镜套子在瓷器柜的顶上一格，那是我心爱的东西的地方，我只说是放得那么高该没有人去捣乱——"她说不下去了，两滴小小的眼泪挂在她的不长睫毛的眼皮上，慢慢地滚下她的脸蛋儿。"顶上的一格要踏着梯凳才够得着，我结婚之后故意把梅普尔姑妈送我的泡菜盘放在那儿，从来没有拿出来过，只有春天大扫除的时候才拿下来，也还是我亲手去拿，生怕别人不小心把它打破。"她恭恭敬敬地把这些碎片放在桌子上。"我要问问这是谁的事儿。"她抖抖嗦嗦地说。

伊坦听见她责问，走回屋子，正对着她。"我可以告诉你。是猫儿打碎的。"

"猫儿？"

"对的，猫儿。"

她使劲地看他一眼，又回过去看玛提，玛提正在把洗碗锅端到桌子上来。

"我要请教，猫儿怎么会跑进我的瓷器柜？"她说。

"赶耗子吧，谁知道，"伊坦回答她，"昨儿晚上厨房里耗子闹了一晚。"

细娜继续看看这个又望望那个；于是发出她所特有的小小的怪异的笑声。"我知道这个猫儿是个能干的猫儿，"她的尖细的声音说，"可是我没想到它竟这么能干，还会把我的泡菜盘子的碎片拣起来，整整齐齐地拼好放在原来的地方。"

玛提忽然把手从热水里抽出来。"不关伊坦的事，细娜！盘子是猫儿打的；可是是我从瓷器柜里拿出来的，是我的不是。"

　　细娜站在她的破碎的宝贝旁边，仿佛僵化了成为怨恨化身的石像。"你把我的泡菜盘拿出来——做什么？"

　　鲜明的红晕飞上了玛提的双颊。"我要把饭桌打扮打扮。"

　　"你要把饭桌打扮打扮，你等我出了门，去把我心爱的东西里头最心爱的东西，一回没有用过，连牧师来吃饭，连马大婶娘从贝茨伯里奇过来，都没有拿出来——"细娜打了个停，张嘴结舌，仿佛她这一数说这件大逆不道的罪过连她自己都吓坏了。"你是个坏女孩子，玛提·息尔味，我早就知道。你父亲当初就是这样，我领你来的时候人家就警告我的，所以我才把我的东西放在你够不着的地方——这会儿你把我最心疼的东西——"她抽抽噎噎的几声，过了之后一动不动，比早一会儿更像一个石像。

　　"我要是听了人家的话，你早已不在这里，也没有这一回的事情了。"她说；她把碎玻璃一片片拣起，走出房门，好像捧着一个死人……

第八章

　　当初伊坦因为他父亲的病辍学回来的时候，他母亲把不住人的"客厅"背后的一间小屋子给了他，听他使用。在这间屋子里头，他钉上几层搁架放他的书，用木板和坐垫做成一个沙发床，把他的文件摊在一张方桌上，在没有粉刷的石灰墙上挂上一幅林肯的像和一个附印了"诗人佳句"的日历，打算凭这点儿稀疏的器具把这间屋子装点成个书房的模样，和他在乌司特上学的时候一位待他很好并且借书给他的"牧师"的书房一样。他现在夏天里还到这里来藏身，但是自从玛提来住在他家，他不得不把他的火炉让给她以后，这间屋子一年里有好几个月是住不得的。

　　那天夜里，当人声已静，床上的细娜的安稳的呼吸之声已经让他放心厨房里这一出暂时没有下文的时候，他就急急下楼走进这个避难之所。细娜走了之后，他和玛提站着不言不语，你也不想走近我，我也不想走近你。站了一会儿，玛提还是过去拾掇厨房里的一切东西，伊坦提着灯去作照例的巡视。伊坦回到厨房里的时候，玛提已经不在里头；但是他的烟荷包和烟斗已经放在桌子上，底下压着一张纸条儿，是从一本菜子商店的货品目录底面上撕下来的，上面写了五个字："别着急，伊坦。"

　　走进他的又冷又暗的"书房"以后，他把提灯放在桌子上，弯下身子就着灯光，把那张纸条儿看了又看。这是玛提头一回给他写信，他拿着这张纸条儿有一种奇异的新的感觉，感觉她近在咫尺而又远在天涯；这张纸条儿加深了他的痛苦，他想起了从此以后他们再也没有别种沟通的方法。没有了她的活泼的笑容，没有了她的温暖的声音，只有冷的纸和死的字！

　　反抗的冲动涌起在他的心头。他年轻，他强壮，他有沛然的生气，他不能这么轻轻易易地拱手让他的希望完全毁灭。难道他只能在这个怨天恨地的乖张的女人身边消磨他的一生吗？他的生命中曾经有过多少前途，一个个牺牲在细娜的狭隘和愚昧之下。牺牲了又曾有什么好处呢？比他初娶她的时候，她的不满和怨恨加了百倍：她现在只剩下一种乐趣，磨折她的男人。所有的健康的自卫本能都在他身上汹涌而起，起来反抗这种浪费……

　　他钻进他的树狸皮的旧外套，在沙发床上躺下来沉思。在他的脸蛋底下他发觉有个凹凸不平的硬的东西。是他们订婚的时候细娜给他做的一个靠枕——他看见她做过的唯一的针线。他把它扔在地下，把头靠在墙上……

　　他记得有过这么一回事，山那边有一个人——一个和他差不多岁数的——他也是受不了这样的一种痛苦的生活，终于和他心爱的一个女子逃往西部。后来他的女人和他离了婚，他娶了那个女子，日子过得挺好。伊坦夏天在沙德福尔看见他两个，他们是来看亲戚的。他们有一个鬈发的小女儿，戴一把金锁，穿得像个公主。那个原来的太太也过得不坏。她的男人把田地给了她，她居然找着一个买主，她拿卖地的钱，再加上离婚的赡养金，在贝茨伯里奇开了一个小饭馆，她人也活动了，人家也都看得起她，伊坦越想越有劲。他为什么不能明天跟玛提一块儿走了，要让她一个人走？他可以把提包藏在车座底下，细娜一点也不会犯疑，要到她上床睡午觉，才在床上看见一封信……

他的冲动还浮在外面，他一跳跳起身来，把灯重新点上在桌子跟前坐下。他拉开抽屉，翻来翻去，找着了一张纸，写起信来。

"细娜，我已经为你尽了我的力，我看不出有什么用处。我也不怪你，我也不怪我。也许分离之后你我都要好一点。我到西部去试试我的运气，你可以把田和木坊卖了，卖出来的钱——"

他的笔停在这个字上，这个字把他的无情的命运暴露出来。若是他把田和木坊给了细娜，他自己拿什么去开创他的生活呢？到了西部之后他知道准能找着工作——要是只有他一个人，他不怕冒冒险。可是有个玛提要靠他，情形就不同了。再还有细娜，她怎么样？田和木坊都已经典押到尽头了，即使她能找到一个买主——这根本就靠不住——她是否能找回一千块钱也很成问题。在没找着买主以前，她又怎么样维持田里的农作？现在他们能在这块地里找口粗茶淡饭，完全是靠他从早做到晚，一刻不放松，他的女人，即使她的身体不如她自己想象之坏，一个人也万万担当不下。

啊，她可以回娘家去，听凭那些亲戚们怎么办。她这不是正在叫玛提走这条路吗？——为什么不让她自个儿试一试呢？等到她打听出他的下落，提出离婚的诉讼，他大概——不管是在哪儿——已经挣了点钱，能给她一笔赡养费。要不然只有让玛提一个人走开，她是连这一点遥远而不可靠的赡养也更没有指望的……

他找信纸的时候把抽屉里的东西打散在桌子上，这会儿提起笔来，一眼看见一份旧报，一份贝茨伯里奇《鹰报》。露在面上的恰恰是广告页，他的眼睛落在"西部旅行，减价欢迎"这几个引人的字上。

他把灯挪近点，急急地察看底下开列的车价；那份报从他手上落下，他把没写完的信纸推过一边。早一会儿，他不知道到了西部之后他和玛提怎么谋生；这会儿他才知道他连带她到那里去的车钱都没有。借钱，谈不到：半年前为了借钱修理锯木坊，他把最后的一注抵押品已经押了出去，他知道没有抵押品斯塔克菲尔镇上谁也不肯借十块钱给他。无情的事实把他套住，像禁子给犯人套上镣铐。没有一条出路——一条也没有。他是个无期徒刑的囚人，而他的一线光明现在又将被人扑灭。

他垂头丧气地走回沙发躺下，两只脚重沉沉地好像永远不会再动一动。眼泪从他喉咙里往上涌，慢慢地一路酸到他的眼皮。

他躺在那儿，看见对面的玻璃窗渐渐透点儿亮，一方块黯淡的月光嵌在无边的黑暗之中。有一根屈曲的树枝映在窗子上，这是那棵苹果树，在夏天的薄暮里，他从锯木坊回来有时候看见玛提坐在这棵树底下。慢慢地，云片的边缘着了火，渐渐地烧得没有踪影，蔚蓝的天空露出一轮皎洁的月亮。伊坦手扶着床抬起半身来看外边的景物在月光的神工鬼斧之下呈现它们的明暗和形状。今晚是他准备和玛提去滑雪的一晚，照明的灯挂在那儿天上！他望出去望见那浸在光明里头的山坡，滚着银边的黝黑的树林，背阴的山峦的幽暗的紫色，好像一切的夜间之美都倾泻出来讥讽他的不幸……

他睡着了。醒来的时候，冬天的黎明的寒气已经进了屋子。他觉得又冷又僵又饿，他因为觉得饿而羞愧。他擦擦眼，走到窗子跟前。一轮鲜红的太阳站在灰色的田野的边际，在看起来黑而且脆的树木的背后。他自己跟自己说："这是玛特的最后一天了。"他试想玛提走了之后这个地方又是怎么个景象。

他正站在那儿，忽然听见背后脚步响，她进来了。

"喔，伊坦——你一夜都在这儿的吗？"

她穿着她的旧衣裳，围着那条樱桃红的披巾，清冷的晨光照得她的苍白的脸成淡黄色，越显得弱小可怜，伊坦站在她的面前说不出话来。

"你冻死了。"她接着说，没有精神的眼睛钉在他身上。

他走上前一步。"你怎么知道我在这儿？"

“我上床之后听见你又下楼，我听了一夜没听见你再上来。”

他所有的柔情一下都涌到他嘴唇边。他看着她，说：“我就来厨房里生火。”

他们回到厨房里，他替她把煤和引火的柴搬进来，又替她把炉子撤清，她把牛奶拿进来，又把昨晚上剩的半个牛肉饼拿出来。

到了炉子里的热气慢慢散开，一线太阳已经横在地下的时候，伊坦的忧愁也在温和的空气里融化了。看着玛提来来去去做这个做那个，像天天早晨一样，叫他不能相信她会从这幅画景里消失。他心里想，他太把细娜的话认真了，黑夜已经过去，白昼重到人间，她的情绪也将有同样的变化。

玛提弯下身子在炉子上做早饭，他走上前把他的手放在她手臂上。“我也不要你着急。”他说，微微地笑着瞅着她的眼睛。

她红着脸轻轻地回答：“不，伊坦，我不着急。”

“我这么想，事情也许会好转。”他又补了一句。

没有回答，只有眼皮儿迅速地跳了一跳。他接着又说：“她今天早上没说什么？”

“我还没有见她。”

“你见了她也别说什么就是了。”

他叮咛了一句就走出厨房往牛棚走去。他看见约坦·包威尔在早晨的雾气里头走上坡来，这个常见的景象加强了他的安全的信念。

他们两个清理牛棚的时候，约坦扶着他的粪耙说："达尼尔·柏恩今天晌午上考白里场去，他可以把玛提的箱子带去，我送她走的时候车子可以轻快些。"

伊坦茫然地望着他，他又接下去说："弗洛美太太说新来的女孩子五点钟的车到，要我就在那个时候把玛提送到车站，让她赶六点钟那趟车去斯丹福。"

伊坦觉得血在太阳穴下打鼓。他等了一下才说得出话，他说："喔，玛提走不走还不一定呢——"

"是吗？"约坦淡然地说；他们继续做他们的工作。

他们回到厨房里的时候，细娜和玛提已经坐下来吃早饭。细娜的神气和往常不同，敏捷而活动。她喝了两杯咖啡，又拣起盘子里剩下的饼屑来喂猫儿；这以后，她站起身来走到窗口，掐了两三片牻牛儿的叶子。"马大婶娘的牻牛儿一片败叶也没有；可是没有人好生照料的话，花草自然要枯萎。"她沉思地说。于是她回转身来问约坦："你说达尼尔·柏恩多早晚来来着？"

那个雇工踌躇着望了伊坦一眼。"晌午前后。"他说。

细娜回过脸去对玛提。"你那个箱子放在雪车上重了点，达尼尔·柏恩来就让他带到车站去。"她说。

"多谢你，细娜。"玛提说。

"我打算先和你检点检点各样东西，"细娜继续从容不迫地说，"我知道短了一块粗麻布的手巾；还有一直放在客厅里猫头鹰标本后头的那个火柴箱，我也不知道你拿去做什么的。"

她走了出去，玛提跟在她背后。约坦对他的东家说："那么，我还是去叫达尼尔来吧。"

伊坦把房子里头和马房里头天天早晨做的事情做了；于是他对约坦说："我要下斯塔克菲尔去。叫她们不必等我吃午饭。"

反抗的火焰又在他心头爆发出来。他以为在清明的阳光之下简直叫人难以置信的事情居然发生了，她派他在驱逐玛提这一出里头做一个无能为力的观客。他是个堂堂男子，竟然袖手旁观，再想到玛提心里对于他这个人的感想，他又羞又气。杂乱的冲动在他的心里搅扰，一面迈着大步往镇上去。他决心要干一下，可是不知道干什么。

早晨的薄雾已经消散，田野躺在太阳底下像一面银盾。这是一个冬天的里头透着春天的气息的日子。那条路上步步有玛提的踪迹，没有一根映在晴空里的枝柯或一丛长在路边的荆棘那上面不挂着一片鲜明的回忆。在静寂之中，一棵山楂上头一声鸟叫，真像她的笑声，他的心紧了一紧又轩然怒放。这一切都叫他明白，非想个办法不可。

他忽然想起，安特鲁·郝尔是一个软心肠的人，若是他告诉他因为细娜的身体不得不雇一个女工，他也许肯重新考虑昨天的话，先付他一点木料钱。郝尔不是不知道伊坦的家境的人，再向他开一次口不至于太失去他的傲气；再说，在他的七情汹涌的胸中，傲气又算得了什么？

他越想越觉得他的打算有希望；若是他能找着郝尔太太，他相信准能成功。只要他口袋里有五十块钱，世界上还有什么能把他和玛提分开？……

他的第一个目的是赶郝尔出门之前赶到斯塔克菲尔；他知道这位营造商在考白里路上有一件工程，也许出门很早。伊坦的脚步跟着他的思想加快，他走到学堂山的脚下的时候，远远望见郝尔的雪车。他快步向前去迎接，但是车子走近的时候，他看见赶车的是郝尔的小儿子，坐在他旁边看起来像一个戴眼镜的直立的茧子是郝尔太太。伊坦招呼他们把车停下来，郝尔太太探身向前，她的有红有白的眼梢的皱纹里一闪一闪地闪出慈祥之色。

"郝尔先生吗？哦，是的，他在家。他今天不去监工。他今天醒来觉得有点腰痛，我刚才让他敷上一张克德老大夫的膏药，在火炉跟前坐下休息休息。"

像母亲看见儿子似的，她一脸笑容对伊坦说："我刚才才听见郝尔先生说细娜上贝茨伯里奇找那个新来的大夫来着。她怎么又病得这么厉害！真叫人替她着急。但愿那个大夫说他有办法。我真不知道这个乡镇上有谁比细娜更多病。我常常跟郝尔先生说，若是她没有你这么个人招呼她，我真不知道她怎么办；早先你妈病的时候我也常常这么说来着。你的日子真是不好过呢，伊坦·弗洛美啊！"

她的儿子"咶，咶"赶马上路的时候，她还朝他最后点点头表示同情；她走了以后，伊坦站在路中间，目送那雪车的后影渐行渐远。

许久以来没有人像郝尔太太这么关切他了。大多数的人，不是对于他的痛苦无动于衷，就是说像他这么个年轻力壮的人，前后服侍三个病人也不算什么，无须抱怨。可是郝尔太太说："你的日子不好过呢，伊坦·弗洛美。"他觉得他的凄凉轻了一半。若是郝尔夫妇这么疼他，那一定会接受他的请求……

他沿着大路往他们家走去，但是没有走几步他忽然站住，脸上涨得通红。郝尔太太的话让他开始明白他现在做的是怎么回事儿。他正在计划着利用郝尔夫妇的同情用不老实的话去找钱。那逼他匆匆赶到斯塔克菲尔来的混混沌沌的目的，说明白了就是这个。

忽然觉察了他的热狂已经把他赶到什么分寸上，那股热狂就一泻无遗。他看明白了他的生活的真面目。他是一个穷人，是一个多病的女子的丈夫，他要把她丢了她就穷困无告；而且即使他有丢下她的硬心肠，也只有欺骗了两个怜惜他的好人才能办到。

他回转身慢慢地走回家。

第九章

在厨房门口，达尼尔·柏恩坐在一匹高大的灰色马背后的雪车里，那匹马提起蹄儿来踩雪玩儿，狭长的马头不耐烦地左摇右摆。

伊坦走进厨房，看见他女人坐在炉子跟前。她的头包在披巾里，她正在看一本叫做《肾脏病及其治疗》的书，这本书几天之前才到，他还付了过重的额外邮资才取了来的。

他进来的时候，细娜身也不动，头也不抬；过了一会儿，他问她："玛提在哪儿？"

她不把眼睛从书上抬起，回答他："大概在搬箱子下来吧。"

热血冲上了伊坦的脸。"搬箱子下来——她一个人？"

"约坦·包威尔到林场里去了，达尼尔·柏恩说他不敢离开他的马。"细娜回答。

她的男人来不及把她的话听完，已经跑出厨房，跨上楼梯。玛提的房门关着，他站在楼梯头上踌躇了一下。"玛特。"他轻轻地说；没有回答的声音，他把手放在房门把手上。

玛提的房子里，他只有在夏初修理屋漏的时候进去过一次，但是屋子里头的样儿他记得清清楚楚；她的小床上的红白花的盖被，抽屉柜上头的漂亮的针荷包，以及挂在柜子上的她的母亲的放大的照片，镶在一个已经发黑了的银框子里头，框子背后还有一束染了色的草。现在，这些个东西以及她的别的踪影都已经不见了，屋子里头空空洞洞的，跟她头一天来细娜领她进来的时候一般的落寞。在屋子的中间直立着她那口箱子，在箱子上坐着玛提，穿着出门的新衣，背朝着门，手捧着脸。她没有听见伊坦叫她，因为她正在抽抽噎噎地哭；她也没有听见伊坦的脚步，直到他走到她背后，把两只手放在她肩膀上。

"玛特——哎，你别——哎，玛特！"

她吓了一跳，站起来，把她的涕泪纵横的脸抬起来朝着他的脸。"伊坦——我只当是再也见不着你一面了！"

他把她搂在怀里，紧紧地抱住，拿他的哆里哆嗦的手轻轻掠开披在她脑门子上的散乱的头发。

"见不着我一面？你这是什么意思？"

她抽抽噎噎地说："约坦说的，你叫他跟我们说不必等你吃饭，我只当是——"

"你当是我打算躲开？"他带三分苦笑替她说完。

她不回答他的话，只是紧紧地赖在他身上，他把嘴唇放在她的头发上，她的头发软软的可是又有点弹性，像向阳的山坡上的藓苔，又有点像新锯下来的木屑晒在太阳地里似的一股清香。

在门外，他们听见细娜在底下大声说："达尼尔·柏恩说，要是你要他带那口箱子，得赶紧一点了。"

他们分开了，凄然地相对。反抗的话冲到伊坦的嘴边，又咽了下去。玛提摸出一块手绢，擦了擦眼睛；然后弯下身子攥住了箱子一头的把手。

伊坦把她推开。"你放手，玛特。"他吩咐她。

她回答他："转弯的地方要两个人才对付得开呢。"伊坦依了她的话，攥住那一头的把手，两个人把箱子抬到楼梯头上。

"放手吧。"他又说；于是他一个人把箱子扛下楼，穿过过道，走进厨房。细娜已经回到她火炉旁边的椅子上，他从她跟前过，她看她的书，头也不抬。玛提跟在他后头出来，帮着他把箱子放进车子的后头。放好了箱子之后，他们并肩站在台阶上，望着达尼尔·柏恩赶着他的烦躁的马奔下坡去了。

伊坦觉得他的心让许多绳子捆住，有一只看不见的手跟着钟声的滴答一下一下地把它收紧。他两次张开嘴来想跟玛提说话，声音不肯出来。最后，她回过身往屋子里去的时候，他才轻轻地拉住她。

"我送你去，玛特。"他悄悄地说。

她悄悄地回答："细娜要约坦送我去。"

"我送你去。"他又说了一遍；她不说什么，走进厨房里去了。

在午饭桌上，伊坦一口也吃不下。他若是抬起头来，他的眼睛是落在细娜的脸上，她的薄薄的嘴唇的两角微微地颤动，大有笑意。她吃得很多，自己说天气转晴她也舒服好些；约坦·包威尔盘子里的豆子吃完了她又让他添上点，平常她是不理会他的饱饿的。

吃过午饭，玛提还是照往常一样，收拾桌子，洗锅碗。细娜喂过猫儿之后又回到火炉旁边她的摇椅里去；约坦，平常最爱逗留到末末了儿一个的，也无可奈何似的推开椅子，往门口走去。

一只脚出了门，他又回过头来问伊坦："我多早晚过来送玛提？"

伊坦站在窗口，机械地把烟草往烟斗里装，一边儿看着玛提来来去去地忙。他回答道："你不必过来了；我自个儿送她去。"

他看着玛提的一半回过去的脸上红了起来，也看见细娜的头忽然抬起。

"今儿个我要你在家，"他的女人说，"约坦可以送玛提去。"

玛提飞了个眼色给他，求他别找麻烦，但是他也不说多余话，只重复了一句："我自个儿送她去。"

细娜继续用她的平静的调子说："我要你在家里乘那个女孩子没到的时候把玛提屋子里的炉子拾掇拾掇。那个炉子不大通风快有一个月了。"

伊坦勃然把嗓子提高。"玛提能对付，我想一个女工该也能对付。"

"那个女孩子跟我说来着，她先做的那家人家的屋子里安的是有管子的大火炉呢。"细娜还是用她的单调的不疾不徐的语调说。

"那么她还在那家做得了。"他愤然回答；接着回过头来对玛提，坚决地说："你准备好三点钟动身，玛特；我在考白里场上还有点事情。"

约坦·包威尔已经往马房里走去，伊坦迈开大步跟在他背后，气冲冲的。他的额角上的脉扑通扑通地跳，他的眼睛里有一团雾。他机械地做着这样那样事情，连自己都不知道是什么势力在那里指挥他，也不知道是谁的手和脚在执行它的命令，一直到了他已经把栗色马牵了出来，把它拉到雪车的车辕子中间，他才重新意识到自己的动作。他把笼头套在马头上，把两头在车辕子上扣牢，这个时候不禁想起早先也有过一天，做着同样的一套事情，为了赶车子到车站上去接他的女人的表妹。不过是一年多一点儿之前，也是这么一个柔和的下午，空气里头也有这么一点儿春天的意思。那匹栗色马，睁大了一对圆的眼睛看着他，拿鼻子拱他的手心，完全是一个样儿；从那一天到今天中间的日子一个一个地冒出来，站在他的眼睛跟前……

他把熊皮褥子甩上车，爬进车箱，把车子赶到家门口。走进厨房，厨房里没人，但是玛提的提包和披巾端端正正放在门口。他走到楼梯脚下听了听，楼上没有声音。可是过了一会儿仿佛听见有人在他的书房里走动，他把门推开，玛提在里头，戴了帽子，穿着外套，背朝外站在桌子旁边。

她听见他的脚步声音，吓了一跳，赶紧回过身来，说："时候到了吗？"

"你在这儿干吗，玛特？"他问她。

她腼腼腆腆地看着他。"我来看看罢了——没什么。"她回答他，勉强笑了笑。

他们默默地走回厨房，伊坦把她的提包和披巾捡起来。

"细娜在哪儿？"他问。

"她吃了饭就上楼去了。她说她的刺痛又发了，叫人不要去闹她。"

"她没有跟你说声'再见'吗？"

"没有。她就只说了那两句。"

伊坦慢慢地在厨房里四面看了看，想起了几个钟头之后他就要一个人回到这里来，不禁心里发抖。他忽然又感觉这一切都是幻境，他不能叫自己相信站在他面前的玛提是最后一次站在他面前。

"走哇。"他几乎有点欣然地叫她，一边把门开开，把她的提包放进车箱。他跳上车，她也跟着爬了上去，他弯下半身把皮褥子在她身边掖好。"好了，走吧。"他一头说一头把缰绳一抖，那匹栗色马一颠一簸地走下坡去了。

"时候还早，咱们可以好好儿的玩儿一会，玛特！"他说着话就在皮褥子底下找着了她的手，紧紧地攥住。他的脸上又有点麻又有点痛，他的眼睛有点花，头有点晕，倒像是大冷天在镇上的酒店里喝了两杯过后似的。

车子出了园门，他不往斯塔克菲尔去，反而一抖缰绳把马往贝茨伯里奇路上赶。玛提坐着不做声，也不露出惊异的神色；过了一会儿，她说："你打算绕影子湖那条路，不是？"

他笑了，他说："我知道你知道！"

她又往皮褥子底下缩了缩，他回过头来看她，只看得见她的鼻尖和一绺随风披拂的棕色头发，底下就让他自己的袖子遮住。他们顺着在淡淡的日光底下发亮的田亩中间的那条大路走去，一会儿又往右边儿一条两边长着枞树和落叶松的小路上岔下去。在他们的前头，远远的一带点缀着黑色林木的小山，衬着天空，像一溜儿白色的波浪。那条小路走进了一个松树林，树干在斜阳里发红，雪地上铺着纤细的青色的影子。他们进了树林，风息了，一阵和暖的寂静仿佛跟着落下来的松针一同落下。这儿的雪干净得很，小野兽的细瘦的脚印子在上面留下些个繁复的花纹，从雪底下冒出来的松树果子像些个古铜饰物。

伊坦默然地赶着车子，到了一个松树比较稀疏一点的地方；这才把车子停下，扶着玛提下来。他们在那些芳香的树干中间穿来穿去，脚底下的雪让他们踩得哧哧嚓嚓的响，终于走到一个四边都是树木的池子旁边。池子里的水已经冻得结结实实，迎面有一个独立的小山，背着夕阳送来一片长长的尖圆的影子，这个湖就因此得名。这是个害羞的秘密的地方，充满着无言的愁闷，和伊坦心里所感觉的一样。

他在那片狭小的铺满鹅卵石的滩头上上下下地搜寻，找着了一根倒在地下一半埋在雪底下的树干。

"那儿就是咱们那回子野餐时候坐在那儿的。"他提醒她。

他说的那回是他们一同参加过的有数几回里头的一回：那是一个"教友聚餐"，时候是夏天，那个平常人迹罕至的地方在那个长长的下午突然热闹了半天。先是玛提要他陪她去，他拒绝了。后来，太阳快下山的时候，他在山里砍了半天树下山来，让几个走散了的聚餐的朋友看见了，拉到池子边上大队里来。玛提的身边围着一圈嘻嘻哈哈的年轻人，她头上戴着一顶阔边的帽子，漂亮得像一棵乌莓，正在一堆野火上煮咖啡。他想起那个时候的情景：他身上穿的是做活的旧衣服，走上前去的时候怪不好意思，她看见他来脸上露出喜色，手里端着一杯咖啡冲出圈子来接他。他们在池子边那棵倒下来的树干上坐了几分钟，她发现她的金锁丢了，让那些年轻人去替她搜寻；还是伊坦在藓苔里找着了……也不过就是如此；可是他们一向以来的交往就是这个样儿，一些不连贯的闪电，在黯淡的生活中忽然碰上了一阵快乐，好像在冬天的树林里捉住了一个蝴蝶儿似的……

他一只脚往一簇密茂的越橘丛里一踢，说："我找着你的锁片就在这儿。"

"我从来没有看见过眼睛像你这么尖的人！"她回答他。

她在太阳照着的那棵树干上坐下，他坐在旁边。

"你戴上那顶粉红的帽子，漂亮得像画里的美人儿。"他说。

她愉快地笑了出来。"喔，漂亮的是帽子！"她回答。

他们从来没有这样听说过彼此的心事，暂时间伊坦又幻想他是一个自由的人，在向他心里要想娶来做妻的一个女子求爱。他看看她的头发，很想再亲它一下，他想告诉她，她的头发有新锯开的木头的香气；但是他从来没有学会怎样说这些个话。

她忽然站起身来，说："不能多耽搁了。"

他依然迷迷糊糊的目不转睛地看着她，像是一半醒来一半还在梦里。"还早呢。"他回答她。

他们站在那儿你看着我我看着你，好像各人的眼睛都在努力要把对方的面貌吸进去牢牢地关住。伊坦心里有好些话要在分手之前对玛提说，但是他不想在这个充满了夏天里的往事的地方说那些话，他转过身默然地跟在她背后走到车子那儿。他们的车子走开的时候，太阳已经落在山背后，松树的树皮从红色转成深灰。

他们绕着田亩中间的一条曲曲弯弯的小路绕上了斯塔克菲尔的大路。在空旷的天空底下，光线还是很亮，东边那一带小山上映出一片冷红。雪地里一簇一簇的树木好像挤挤缩缩成一团，像把头缩在翅膀底下的雀儿似的；天色渐渐暗淡，天也渐渐升高，大地越发显得寂寞。

他们走上斯塔克菲尔的大路之后，伊坦说："玛特，你打算怎么办呢？"

她没有立刻回答，过了好一会儿她才说："我打算想法找一个店铺子里的事情。"

"你知道你干不了那个。空气又坏，又要一天站到晚，那一回差点儿没把命送了。"

"我现在比没有来斯塔克菲尔之前结实多了。"

"可是你现在要去把斯塔克菲尔给你的好处一下扔了！"

这个话好像无从回答，他们又走了一程，大家不言语。一路上三步五步就有一个地方，他们曾经在那儿站下来，一块儿笑着，或是一块不做声，这些回忆抓住了伊坦，把他拉住不让走。

"你本家里头就没有谁能帮你个忙儿？"

"没有一个是我愿意向他开口的。"

他把声音放低了说："你知道，为了你，我什么都肯干，只要我能办得到。"

"我都知道。"

"可是我不能——"

她不做声，但是他觉得靠在肩膀上的她的肩膀轻轻地发颤。

"唉，玛特，"他脱口而出，"我要是能这会儿跟了你一块儿去，我一定就去——"

她回过脸来朝他，在她怀里掏出一张纸片儿来。"伊坦——我找着了一点东西。"她结结巴巴地说。天色虽然暗，他看得出就是他昨天晚上给他的女人写的信，写到中间写不下去又忘了把它毁了的。他又是诧异又是一阵惊心的快乐。"玛特——"他叫了出来，"要是我能这么着，你肯不肯？"

"唉，伊坦，伊坦——有什么用处呢？"她忽然一抬手，把那张纸撕得粉碎，往车子外头一扔，纷纷落在雪地里。

"告诉我，玛特！告诉我！"他恳求她。

她有一会儿不言语；然后轻轻的，轻到他要把头低下去才听得见，说："我有时候也这么想来着，夏天的晚上，月亮亮得人睡不成觉的时候。"

他的心甜得打转。"那个时候你已经？"

她不假思索就回答，好像这个日子在她是早已确定了的："头一回是在影子湖。"

"所以你才先拿咖啡给我喝，把别人撂在后头？"

"我不知道。我先给你喝的吗？我都忘了。你不肯陪我去，我很丧气；后来看见你在路上过来，我就想你也许是故意走那条路回家去；我心里就高兴起来。"

他们又不说话了。车子已经走下伊坦的锯木坊那儿的洼地，黑暗跟着他们下去，黑色面幕似的从罕乐枞的浓密的枝头落下来。

"我是两手两脚都捆住了，玛特。我一点法子也没有。"他又说起头。

"你要常常给我写信，伊坦。"

"唉，写信又怎么样？我要伸出手来摸着你。我要替你做事，照料你。我要在你跟前，你有病的时候，你寂寞的时候。"

"你千万不要不放心，你总要想着我混得不错。"

"你不需要我，是不是？你要嫁人，啊！"

"哎哟，伊坦！"她叫了出来。

"我不知道你怎么叫我这么难过，玛特。我简直宁愿你死不愿意你嫁人！"

"唉，我死了就好了，我死了就好了！"她抽抽噎噎地说。

她的哭泣的声音把他从闷怒中唤醒，他觉得惭愧。

"咱们不说那些个。"他轻轻地说。

"是真话呀，为什么不说？我从昨儿晚上到这会儿无时无刻不这么想，死了就好了。"

"玛特！你别！你别乱说！"

"除了你，没有过一个人待我好。"

"这个话也别再说了，我连一个指头也不能抬起来帮你个忙儿！"

"这有什么的？你待我好，我还不知道？"

他们已经到了学堂山的顶上，斯塔克菲尔就在他们的脚下，罩在暮色里头。一辆小雪车迎面爬上来，在一阵快乐的马铃声中打他们旁边过去了。他们直了直腰，严肃的脸儿朝着前面看望。顺着那条大街，许多人家的窗子里已经透出灯光，零零落落的人影子走进这家那家的门口。伊坦一摇鞭子，让栗马的脚下加快。

他们走近这个乡镇的尽头的时候，传来一阵儿童的叫唤的声音，他们看见一簇孩子，各自背后拖着一个雪橇，在教堂门口的空场上分散开来。

伊坦抬起头来看看温和的天空，说："恐怕他们这一场过后得有两天滑不成了。"

玛提不做声，他又接着说："本来说了昨儿晚上咱们也来滑一回的呢。"

玛提还是不言语；仿佛要找个事儿把他自己和玛提混过这个悲苦的最后一点钟，他又絮絮叨叨地说下去："你说怪不怪，咱们一块儿滑雪就只去年冬天有过那么一回？"

她回答道："我根本就难得到镇上来呀。"

"可不是。"他说。

他们已经上了考白里路的高墩；在教堂的模糊的白墙和华努谟家的黑沉沉的枞树之间，他们面对着一泻而下的山坡儿，一个雪橇也看不见。也不知是什么淘气的冲动在作怪，伊坦忽然说："这会儿我带你滑一回怎么样？"

她勉强笑了笑。"哟，没有这个工夫了！"

"这点儿工夫有的是。来吧！"他现在唯一的心思就是不想拨转马头上考白里场去，延宕一刻好一刻。

"可是那个女孩子，"她迟疑地说，"那个女孩子要在车站上等着了。"

"让她等等儿就是了。反正不是她等，就是你等。来吧！"

他的坚决的语调好像把她镇住了，他跳下车之后，她也就让他把她扶下来，只稍微表示一点不愿意，说："可是一个雪橇也没有啊。"

"有，有一个！那边的枞树底下不是？"

他把熊皮褥子搭在马身上，那匹马很听话似的站在大路边，低垂着它的沉思似的脑袋。

她依了他的话坐上雪橇，他坐在她背后，紧紧地挨着，她的头发擦着他的脸。"坐好啦，玛特？"他大声问她，倒像是隔了三丈宽的大路似的。

她回过头来说："暗得很。你看得清楚不？"

他傲然地笑出来："我闭了眼睛也能滑下去！"她也和着他笑了，好像喜欢他的大胆。说是这么说，他还是静静地坐了一会儿，睁大了眼睛朝下看，因为这会儿正是最迷乱的黄昏时刻，最后的微明和方兴的薄暗交织成模糊的一片，在这一片模糊中物象辨不真切，远近也捉摸不定。

"下去了！"他叫了一声。

那雪橇跳了一跳滑了下去，他们两个在暮色里飞向前去，越来越滑溜，越来越快，黑夜在底下张开大嘴，风声在耳朵边舐喇着像风琴演奏。玛提坐得端端正正，一动不动，但是当他们滑到山脚下转弯处，就是那棵大榆树伸出一枝致命的胳膊来的地方，他仿佛觉得她偎得更紧了一点。

"别怕，玛特！"他得意扬扬地叫唤，那个雪橇早已安然让过，又飞也似的滑下第二个山坡；等他们到了底下的平地上，雪橇已经渐渐慢下来的时候，他听见她放出一个小小的快乐的笑声。

他们跳下雪橇，回头走上山坡。伊坦一只手拖着雪橇，一只手伸进玛提的胳膊弯儿。

"你怕我把你撞在榆树上不怕？"他孩子似的笑着问她。

"我早就跟你说过，和你在一块儿我从来不害怕。"她回答他。

他也说不出来是怎么样的高兴，平常从来不爱说大话的他也把持不住了。"说是这么说，可真是个淘气的地方。差这么一点点儿，咱们就别想再回来了。可是我能算到一丝一毫不差——自来有这个本事。"

她低声说："我一直说你的眼睛最准……"

深深的静默跟着没有星的夜色落下来，他们两个偎在一块儿不言不语；但是每爬一步，伊坦心里说一句："这是我们俩一块儿走着的末末了儿一回了。"

他们慢慢地登上了山头。走到教堂门口的时候，他低下头去问她："你累了没有？"她喘着气回答："真痛快！"

他的胳膊紧了紧，领她走到那两棵挪威枞底下。"我想这个雪橇准是纳德·郝尔的。不管怎么样，我把它放在原来的地方。"他把雪橇拉到华努谟家园门口，靠着篱笆把它放下。他伸直身子的时候忽然觉得玛提在黑地里偎紧了他。

"这就是纳德和路德亲嘴的地方不是？"她上气不接下气地低声问，两只胳膊把他抱住。她的嘴在他脸上摩来摩去找他的嘴，他也紧紧地把她抱住，且惊且喜。

"再会了——再会。"她结结巴巴地说着，又亲了他一下。

"唉，玛特，我不能让你走！"昨晚上的叫唤声又从他嘴里冲了出来。

她挣脱身子，他听见她哭的声音。"唉，我也不想走啊！"

"玛特！有什么办法呢？有什么办法呢？"

他们手牵着手，像一对小孩子，她的身子哭得一抖一抖的。

万籁无声，只听见教堂顶上的钟打了五点。

"唉，伊坦，是时候了！"她叫了一声。

他又把她抱过来。"怎么叫是时候了？你打量我还能放你走吗？"

"我要是赶不上火车能往哪儿去呢？"

"你要是赶上了火车又往哪儿去呢？"

她站在那儿不做声，她的手放在他手里，冰冷的，一丝力气也没有。

"咱们两个，你没有我，我没有你，走到哪儿去是有意思的地方？"他说。

她一动不动，好像没有听见他的话，过了一会儿，她挣脱了双手，一把抱住他的脖子，把她的湿透了的脸蛋儿偎在他的脸上。"伊坦！伊坦！我要你再带我下去！"

"下哪儿去？"

"下山坡。一直下去，"她喘吁吁地说，"下去了不再上来。"

"玛特！你这是什么意思？"

她把嘴挨紧了他的耳朵说："一直对着那棵大榆树。你说了你能。咱们这就再也不会分开了。"

"什么，你这是说的哪家子的话？你疯啦？"

"我不疯；我离了你才要疯呢。"

"唉，玛特，玛特——"他哼着说。

她抱住他的脖子又紧了点。她的脸紧紧偎着他的脸。

"伊坦，我离了你又往哪儿去呢？我不知道我一个人怎么活下去。你刚才也说了这个话来着。除了你没有第二个人待我好过。你家里又要来这么个外头的女孩子……她要睡在我的床上，我天天夜里躺在那儿听你一步步上楼来的床上……"

她这些话像是从他自己心里掏出来的。跟着这些话来的是那个想起来就恨的景象——他今晚上要回去的屋子，天天晚上要爬上去的楼梯，在那儿等着他的那个女人。玛提已经表白了她的深情，他知道他经历了的她也经历了，这一切的新奇和甜美使另外那个景象相形之下越发可怕，使另外那种生活越发不能忍受……

玛提的哀求还在断断续续的呜咽声中送进他的耳朵，但是他已经不听见她说些什么。她的帽子已经有一半退在脑后，他的手在摩弄她的头发。他要把这个感觉吸进他的手心，埋藏在那儿，像种子藏在冬天的地里。他又亲了她一次，他们恍惚又一块儿到了八月里骄阳之下的湖水旁边。但是他的脸碰着了她的，她的脸又冷又湿，他看见黑地里往考白里场去的大路，他听见远处火车的汽笛声。

两棵枞树把他们卷在黑暗和寂静里头，他们仿佛已经进了棺材，埋在地下。他自己对自己说："也许就是这么个样儿……"又说："这以后什么也不感觉了……"

　　忽然他听见老栗马在路那边悲嘶起来，心里想："它大概是在那儿纳闷，怎么还不喂它的晚饭……"

　　"来吧。"玛提悄悄地说，拉拉他的手。

　　她的阴沉的威力制伏了他：她好像是命运的化身。他把雪橇拉出来；从树荫里走到空地上的透明的夜色里头，他的眼睛眨得像出窠的夜鸟。他们的脚底下的山坡上空荡荡的。斯塔克菲尔镇上的人都坐在晚饭桌上，教堂面前的空场上没有一个人走过。天上涨满了预告融雪的云，直压到人头顶上，像夏天里暴风雨之前一样。他在暗地里睁大了眼睛看看，好像没有平常的尖锐，没有平常的能干。

　　他坐上雪橇，玛提立刻在他前边坐下。她的帽子已经落了，他的嘴唇钻在她的头发里头。他把两腿伸直，把脚跟踩在地下，拦住雪橇不让滑下去，两只手把她的头捧住。忽然，他又跳了起来。

　　"起来。"他吩咐她。

　　这是她平常一听就服从的语调，但是她在她的座位上往下一缩，使劲地说，"不，不，不！"

　　"起来！"

　　"干吗？"

　　"我要坐在前边儿。"

"不，不！你在前边儿怎么能驾驶呢？"

"不用驾驶。顺着路下去就得了。"

他们说话的声音低到不能再低，好像怕黑夜也在偷听。

"起来！起来！"他催她；但是她还是问："你为什么要坐在前边儿？"

"因为我——因为我要你抱住我。"他结结巴巴地说，一边把她拉了起来。

他的回答好像能叫她满意，要不然就是她屈服于他的坚决的语调。他弯下身子，在黑地里摸着了以前滑雪的人压出来的一条滑溜的路，把雪橇的脚端端正正放在中间。她站在旁边等他盘腿在雪橇的前边坐下；然后她赶快在他的背后蹲下，两只手紧紧抱住他。她的呼吸吹在他脖子上，又叫他发起抖来。但是他立刻想起另外那条路。玛提没有错：这个比分离好。他扭过头来，找着了她的嘴……

他们开始滑动的时候，他听见老栗马又在那儿叫唤，这个听惯了的有所冀望的呼声，以及它带来的许多杂乱的意象，跟着伊坦滑下头一截路。这条路到了半路上忽然一落，又一升，然后又是一泻而下。当他们滑到这一截的时候，伊坦觉得他们真是飞一般，飞上了云端，飞进了黑夜，斯塔克菲尔远远的在他们底下，像一粒微尘落在太空里……这以后，那棵大榆树在他们前面冒了出来，伏在路的转弯角上等着他们，他咬紧了牙齿说："咱们赶得上；我知道咱们赶得上。"

他们飞向那棵树的时候，玛提的两只手抱得更紧，她的血仿佛流进了他的血管。有一两次，雪橇在他们底下歪了一下。他随即把身体扭过一点，让它对正了那棵树，嘴里不住地说："我知道咱们赶得上。"同时，她说过的一言半语猛然都涌上了心头，又跳了出去在他的眼前飞舞。那棵大树越来越大，越来越近，他们向前直闯，他心里想："它在等着我们：它好像知道我们要来。"忽然在他和他的目标中间冒出一个脸，是他的女人的歪曲的丑恶的眉眼口鼻，他要把它赶走，不由自主的一动。他的身子底下的雪橇跟着也一歪。他又把它拨正，笔直地对着那突出的黑色的一团撞上去。最后一刹那，空气在他身边射过去，像千千万万根冒火的铜丝；以后，就是大榆树……

天上的云还是很浓，但是他看见一颗孤零的星，他模模糊糊地计算，这是天狼星啊，还是——还是——他觉得累得很，不能用心思；他把重沉沉的眼皮合上，想着还是睡罢……四下里是深深的寂静，只听见一个小动物在近旁的雪底下什么地方嘤嘤的叫。是田鼠似的一种细小的受惊的叫声，他懒懒地想不知道它是不是受了伤。他忽然明白过来，它一定是痛得很：他知道这是一种残酷的痛楚，而且神秘得很，他竟觉得这个痛楚在他自己身体里头盘旋。他想翻个身朝着那个声音来的方向，但是他翻不过来，只把左边的胳膊在雪地里伸了出去。现在，这个嘤嘤的声音又好像不是听见而是摸着；好像就在他的手心底下，他的手搁在一个软和而有弹力的什么上头。他想念着这个小动物的痛苦，心里受不了，挣扎着要爬起来，可是爬不起来，好像有一块大石头，或是什么别的大块，压在他身上。他继续用他的左手小心地摸来摸去，想摸着那个小动物救它一救；忽然，他知道了，他刚才摸着的软和的东西是玛提的头发，他的手现在在她的脸上。

他挣扎着跪了起来，那个千斤担子跟着他一同转动；他的手在她脸上摸了又摸，他感觉那个嘤嘤的叫声是从她嘴唇里出来……

他把自己的脸贴着她的脸，把耳朵送到她嘴边，在黑暗之中他看见她的眼睛睁开，听见她叫他的名字。

"唉，玛特，我只当是咱们赶上了。"他哼着说；远远的，在山坡的顶上，他听见老栗马的嘶叫，心里想："可把他饿坏了……"

……   ……   ……   ……   ……   ……

……   ……   ……   ……   ……   ……

……   ……   ……   ……   ……   ……

我走进弗洛美家的厨房，那个拌嘴似的声音停止了，厨房里坐着两个妇人，我不知道刚才说话的是哪一个。

两个里头的一个，我进去的时候，她把她的高大的身子站起，不是欢迎我——因为她只惊讶地看了我一眼——只是准备做晚饭，弗洛美迟迟没有回来，晚饭耽搁下来了。一件破旧的罩袍挂在她肩膀上，几绺稀疏花白的头发从她的半秃的前额向后梳，在脑后用一把断了一截的梳子勒住。她的灰色的晦涩的眼睛不显露她的衷心，也不反映外物的印象；她的薄薄的嘴唇是和她的脸一样的黄土色。

那一个妇人瘦小得多。她蜷缩着坐在火炉旁边的一张圈椅里，我走进门她很快地回过头来朝我，但是身体一动也不动。她的头发和她的同伴一样的花白，她的脸一样的无血色，一样的干皱，但是微微带点琥珀色，鼻子旁边和太阳窝那儿都有点黑暗的影子，显得高的越高，洼的越洼。她的拥成一团的衣服掩盖着她的柔弱的不动的身体，她的漆黑的双眸有脊髓病人所常有的那种明亮的妖女似的凝视。

那间厨房，就在这一带地方，也透着太寒碜。除了那个黑眼睛的妇人坐着的那张椅子有点像乡镇上拍卖来的富户人家的破旧的遗物而外，所有的家具都是再粗糙不过的。到处是刀印子的饭桌上放着三个粗瓷的盘子和一个缺嘴的牛乳壶，顺着墙壁疏疏朗朗地摆着一对草织座儿的椅子和一个无油无漆的松木橱柜。

"喔噻，好冷！火快没了罢。"弗洛美跟在我背后进来，一边抱歉似的四下里望望，一边儿说。

那个高个儿妇人只当没有听见，只顾向橱柜走去；但是那个偎在椅子里靠枕上的妇人埋怨似的回答，声音高而且尖："刚刚才重生起来的啊。细娜睡着了，好久都不醒，我害怕我要冻僵了。好容易才把她叫醒了，让她去招呼了一下。"

我这才知道我们进门的时候说着话的是她。

她的同伴刚刚端了一个破盘子过来，里头放着小半个冷的碎牛肉烤饼，她把这盘食之无味的菜放在桌子上，仿佛没听见人家对她的控诉。

弗洛美站在她面前迟疑了一下；然后朝我看了看，说："这是我的女人，弗洛美太太。"又停了一停，转身朝着圈椅里的那个，说："这是玛提·息尔味小姐……"

郝尔太太，这位温柔的太太，只当我是迷失在考白里场，活埋在雪堆底下了，第二天早晨看见我安然回来，快活极了，我觉得我的危险已经让她多喜欢我几分。

她和她的母亲华努谟老太太，听见说伊坦·弗洛美的老马居然在这一冬之中最厉害的一场风雪中把我送到考白里车站又接回来，诧异得了不得；又听见说弗洛美把我让到他家里住了一宿，更加诧异得了不得。

在她们惊诧的话语底下，我发现有一种隐藏的好奇心，要想知道我在弗洛美家这一夜所得的印象怎么样；我知道要打破她们的缄默，最好的办法就是让她们来刺探我的。所以我只没事人儿似的说：他们招待我很好，弗洛美在楼下一间屋子里给我开了个铺，那间屋子好像在当初日子还好的时候曾经布置得像个书房什么的。

"在这种大雪天，"郝尔太太带点儿沉思似的说，"我这么想，他一定觉得不把您往家里让可真有点儿说不过去——可是我敢说，伊坦很为了一阵难。我相信，二十多年里头，您是第一个踏进他的屋子的生客。他倔强得很，连他的老朋友他都不愿意他们上门；人家也就都不去了，除了我和大夫……"

"您还常去吧？"我试探一句。

"出了那回事情之后我倒是常去看看他们，那个时候我刚刚结婚；过了些个时候，我有点觉得他们看见我们反而更不好受。慢慢儿，一件又一件的事儿来了，我自己的磨难也……可是我总还是安排着在新年前后去他们那儿一次，在夏天里去一次。只是我总是找一个伊坦不在家的日子。看见那两个女的坐在那儿已经让人够难受的——可是他的脸，当他在那空空的屋子里举目四顾的时候，他的脸简直要我的命……您知道，我还记得起他母亲在日，他们的苦难还没有降临的时候，他们家是怎么个样儿。"

这个时候儿，晚饭已过，华努谟老太太已经上楼去睡觉，她的女儿和我独自坐在严肃而幽静的客厅里。郝尔太太一边说一边偷偷地看我，好像要知道我已经自己看出了多少，为她自己说话定个分寸；我心里想，她这些年来一直把这件事放在肚子里不说，就是为的等一个看见了只有她一个人曾经看见过的景象的人。

我等了等，让她信任我的心已经增强之后，我才说："可不是，看见他们三个人在一块儿，真是怪不好过的。"

她把她的和善的双眉往中间一拧，很感痛苦似的。"一起头就是凄惨得很。我正在这个屋子里，人家把他们抬了上来——他们把玛提·息尔味放在您现在住着的那间屋子里。她和我是很好的朋友，我们春天里结婚本来定的是她当我的伴娘的……她醒来之后，我上去陪了她一夜。他们给她吃了点儿什么止痛的药，她一直糊糊涂涂的，到快要天亮的时候她忽然清醒过来，睁开她的那双大眼看着我，说……哟，我不懂我干吗跟您提这些个。"郝尔太太说不下去，哭了起来。

她把她的眼镜儿取了下来，擦了擦上面的水汽，哆哆嗦嗦地又把它带上。"第二天大家才知道，"她接着说下去，"细娜·弗洛美匆匆把玛提打发走，因为她有一个雇工的女孩子就要来到；可是镇上的人怎么样也不明白，她和伊坦应该赶紧上考白里场去赶火车的时候，却逗留在这儿滑雪，到底是怎么回事……我自己也不知道细娜肚子里是怎么个意思——我到现在还是不知道。细娜有什么意思，谁也摸不着。不管怎么样，她听见出了事儿，立刻赶了来，陪在伊坦身边，在对面那所牧师的住宅里。赶后来大夫们说玛提可以挪动了，细娜就打发人来把她抬回家去。"

"她就在那儿待到现在？"

郝尔太太回答得很干脆："她有哪儿可去呢？"我心里一阵酸，想到穷人们谈不到愿意不愿意。

"可不是，她就一直待在那儿，"郝尔太太接着说，"细娜尽她的力量服侍她，服侍伊坦。真是件了不得的事情，想起她自己的病病痛痛的身子——可是说也奇怪，天意要她出来的时候，她也就能挺了出来。这不是说她从此不要找大夫，不要吃药，她也还是常常好一阵病一阵的；但是她居然有那股力气服侍这两位二十多年，在没有出那个乱子之前她老觉得连她自己她都服侍不了的。"

郝尔太太停了一会儿，我也不说什么，埋头在她的话唤起来的幻景之中。"三个人都不好受。"我叽咕了一句。

"对了，真是难。而且三个人没一个是性子好的。在那回子之前，玛提是个好性子；我没有见过比她更好说话的。但是她吃的痛苦太多了——人家跟我说她的脾气坏得怎么样怎么样，我总是这样譬解。细娜她自来就怪。平心而论，她对玛提可真是耐烦而又耐烦——我亲眼看见过。但是这两位有时也要你来我往的拌个几句，那个时候儿伊坦的脸简直叫你心碎……我看见他那个脸的时候我老觉得痛苦最深的还是他……反正不是细娜，因为她没有那个空工夫……可是啊，"郝尔太太叹了一口气结束她的话，"不幸得很，他们全都关在那间厨房里。夏天，天气好的日子，他们把玛提挪在客厅里，或是抬到门外院子里，那就松动了点儿……可是一到冬天，不能不就着一个火炉；弗洛美家里一毛多余的钱也没有。"

郝尔太太深深地吸了一口气，好像她的心里松去了一副岁久年深的重担，她再没有什么要说的了；但是忽然间她觉得还有几句话非吐不快。

她又取下眼镜，隔着桌子朝我探着点身子，把声音放低了说："有一天，约莫是出事之后一个星期，大家都当是玛提活不了了。唉，照我看，她死了倒也罢了。我有一次当着我们的牧师就这么说，他老人家大不以为然。可是玛提那天早晨醒来的时候他没有跟我在一块儿没听见……我说啊，要是她死了，伊坦也许就活了；现在他们这个样儿，我看不出弗洛美家里住在屋子里的那几个跟躺在坟圈里的那些个有什么分别；除了这么一点：躺在那儿的全都安安静静，女人们要拌嘴也拌不成。"

汉译文学名著

第一辑书目（30 种）

伊索寓言	〔古希腊〕伊索著	王焕生译
一千零一夜		李唯中译
托尔梅斯河的拉撒路	〔西〕佚名著	盛力译
培根随笔全集	〔英〕弗朗西斯·培根著	李家真译注
伯爵家书	〔英〕切斯特菲尔德著	杨士虎译
弃儿汤姆·琼斯史	〔英〕亨利·菲尔丁著	张谷若译
少年维特的烦恼	〔德〕歌德著	杨武能译
傲慢与偏见	〔英〕简·奥斯丁著	张玲、张扬译
红与黑	〔法〕斯当达著	罗新璋译
欧也妮·葛朗台 高老头	〔法〕巴尔扎克著	傅雷译
普希金诗选	〔俄〕普希金著	刘文飞译
巴黎圣母院	〔法〕雨果著	潘丽珍译
大卫·考坡菲	〔英〕查尔斯·狄更斯著	张谷若译
双城记	〔英〕查尔斯·狄更斯著	张玲、张扬译
呼啸山庄	〔英〕爱米丽·勃朗特著	张玲、张扬译
猎人笔记	〔俄〕屠格涅夫著	力冈译
恶之花	〔法〕夏尔·波德莱尔著	郭宏安译
茶花女	〔法〕小仲马著	郑克鲁译
战争与和平	〔俄〕列夫·托尔斯泰著	张捷译
德伯家的苔丝	〔英〕托马斯·哈代著	张谷若译
伤心之家	〔爱尔兰〕萧伯纳著	张谷若译
尼尔斯骑鹅旅行记	〔瑞典〕塞尔玛·拉格洛夫著	石琴娥译
泰戈尔诗集：新月集·飞鸟集	〔印〕泰戈尔著	郑振铎译
生命与希望之歌	〔尼加拉瓜〕鲁文·达里奥著	赵振江译
孤寂深渊	〔英〕拉德克利夫·霍尔著	张玲、张扬译
泪与笑	〔黎巴嫩〕纪伯伦著	李唯中译
血的婚礼——加西亚·洛尔迦戏剧选		
	〔西〕费德里科·加西亚·洛尔迦著	赵振江译
小王子	〔法〕圣埃克苏佩里著	郑克鲁译
鼠疫	〔法〕阿尔贝·加缪著	李玉民译
局外人	〔法〕阿尔贝·加缪著	李玉民译

汉译文学名著

第二辑书目（30种）

枕草子	〔日〕清少纳言著	周作人译
尼伯龙人之歌	佚名著	安书祉译
萨迦选集		石琴娥等译
亚瑟王之死	〔英〕托马斯·马洛礼著	黄素封译
呆厮国志	〔英〕亚历山大·蒲柏著	李家真译注
波斯人信札	〔法〕孟德斯鸠著	梁守锵译
东方来信——蒙太古夫人书信集	〔英〕蒙太古夫人著	冯环译
忏悔录	〔法〕卢梭著	李平沤译
阴谋与爱情	〔德〕席勒著	杨武能译
雪莱抒情诗选	〔英〕雪莱著	杨熙龄译
幻灭	〔法〕巴尔扎克著	傅雷译
雨果诗选	〔法〕雨果著	程曾厚译
爱伦·坡短篇小说全集	〔美〕爱伦·坡著	曹明伦译
名利场	〔英〕萨克雷著	杨必译
游美札记	〔英〕查尔斯·狄更斯著	张谷若译
巴黎的忧郁	〔法〕夏尔·波德莱尔著	郭宏安译
卡拉马佐夫兄弟	〔俄〕陀思妥耶夫斯基著	徐振亚、冯增义译
安娜·卡列尼娜	〔俄〕列夫·托尔斯泰著	力冈译
还乡	〔英〕托马斯·哈代著	张谷若译
无名的裘德	〔英〕托马斯·哈代著	张谷若译
快乐王子——王尔德童话全集	〔英〕奥斯卡·王尔德著	李家真译
理想丈夫	〔英〕奥斯卡·王尔德著	许渊冲译
莎乐美 文德美夫人的扇子	〔英〕奥斯卡·王尔德著	许渊冲译
原来如此的故事	〔英〕吉卜林著	曹明伦译
缎子鞋	〔法〕保尔·克洛岱尔著	余中先译
昨日世界：一个欧洲人的回忆	〔奥〕斯蒂芬·茨威格著	史行果译
先知 沙与沫	〔黎巴嫩〕纪伯伦著	李唯中译
诉讼	〔奥〕弗兰茨·卡夫卡著	章国锋译
老人与海	〔美〕欧内斯特·海明威著	吴钧燮译
烦恼的冬天	〔美〕约翰·斯坦贝克著	吴钧燮译

汉译文学名著

第三辑书目（40种）

埃达	〔冰岛〕佚名著　石琴娥、斯文译
徒然草	〔日〕吉田兼好著　王以铸译
乌托邦	〔英〕托马斯·莫尔著　戴镏龄译
罗密欧与朱丽叶	〔英〕莎士比亚著　朱生豪译
李尔王	〔英〕莎士比亚著　朱生豪译
大洋国	〔英〕哈林顿著　何新译
论批评　云鬈劫	〔英〕亚历山大·蒲柏著　李家真译注
论人	〔英〕亚历山大·蒲柏著　李家真译注
亲和力	〔德〕歌德著　高中甫译
大尉的女儿	〔俄〕普希金著　刘文飞译
悲惨世界	〔法〕雨果著　潘丽珍译
安徒生童话与故事全集	〔丹麦〕安徒生著　石琴娥译
死魂灵	〔俄〕果戈理著　郑海凌译
瓦尔登湖	〔美〕亨利·大卫·梭罗著　李家真译注
罪与罚	〔俄〕陀思妥耶夫斯基著　力冈、袁亚楠译
生活之路	〔俄〕列夫·托尔斯泰著　王志耕译
小妇人	〔美〕路易莎·梅·奥尔科特著　贾辉丰译
生命之用	〔英〕约翰·卢伯克著　曹明伦译
哈代中短篇小说选	〔英〕托马斯·哈代著　张玲、张扬译
卡斯特桥市长	〔英〕托马斯·哈代著　张玲、张扬译
一生	〔法〕莫泊桑著　盛澄华译
莫泊桑短篇小说选	〔法〕莫泊桑著　柳鸣九译
多利安·格雷的画像	〔英〕奥斯卡·王尔德著　李家真译注
苹果车——政治狂想曲	〔爱尔兰〕萧伯纳著　老舍译
伊坦·弗洛美	〔美〕伊迪斯·华尔顿著　吕叔湘译
施尼茨勒中短篇小说选	〔奥〕阿图尔·施尼茨勒著　高中甫译
约翰·克利斯朵夫	〔法〕罗曼·罗兰著　傅雷译
童年	〔苏联〕高尔基著　郭家申译
在人间	〔苏联〕高尔基著　郭家申译
我的大学	〔苏联〕高尔基著　郭家申译

图书在版编目（CIP）数据

伊坦·弗洛美 /（美）伊迪丝·华顿著；吕叔湘译 . —
北京：商务印书馆，2022
（汉译世界文学名著丛书）
ISBN 978-7-100-20605-1

Ⅰ. ①伊… Ⅱ. ①伊… ②吕… Ⅲ. ①中篇小说—美
国—现代 Ⅳ. ① I712.45

中国版本图书馆 CIP 数据核字（2022）第 028856 号

汉译世界文学名著丛书
伊坦·弗洛美
〔美〕伊迪丝·华顿 著
吕叔湘 译

商 务 印 书 馆 出 版
（北京王府井大街 36 号 邮政编码 100710）
商 务 印 书 馆 发 行
北京新华印刷有限公司印刷
ISBN 978 - 7 - 100 - 20605 - 1

2022 年 8 月第 1 版 开本 850×1168 1/32
2022 年 8 月北京第 1 次印刷 印张 4⅛
定价：42.00 元